月夜に誘《いざな》う恋の罠

第一章　New Moon　――新月――

神様は何故、人間を有性生殖《せいしょく》でしか子孫を残せない生物にしたのだろう――

すやすや眠る友人の赤子を見ながら、ふと思う。

当然だが、他者の優秀な遺伝子を取り入れなければ、人は進化できなかった。しかし、どうにかして、雄《おす》を必要とせずに単体で繁殖《はんしょく》できないものか……なんて、わりと真面目《まじめ》に考えていたからか。

気づけば幸せそうにコーヒーを飲む幼馴染《おさななじみ》に、こんなことを呟《つぶや》いていた。

「男とセックスしないで子供を作る方法って、ないかしら？」

「ごほっ！」

……彼女は盛大に、咳き込んだ。

世の中には二通りの女が存在する。男がいないと生きていけない女と、男がいなくても生きていける女。

私、鷹司櫻子《たかつかささくらこ》は、自他ともに認める後者だ。

恋に憧れていない、どころか、興味すらない。生まれてからずっと、まったくもって男を必要としない人生を送っている。恋愛はおろか、結婚願望のかけらもない。

一般的に恋に憧れると言われる思春期の頃から、私は一生独身でいると宣言していた。

男嫌いというほどではないし、男性を目の敵《かたき》にしているわけでもない。けれど、男性不信になるトラウマは数多く経験している。

何故か昔から、私に近づく男はロクデナシばかりだったのだ。

私を知る長年の友人は、私のことをこう呼ぶ。〝変態ヤンデレホイホイ〟と——

「——男運が悪いからって、一体今度はなにを企《たくら》んでるの?」

水を飲んでようやく落ち着いた友人、花森秋穂《はなもりあきほ》——旧姓、鵲《かささぎ》秋穂は、呆《あき》れた眼差《まなざ》しを私に向けた。

二十七で電撃結婚を果たした彼女は、それまでは私同様、結婚しない主義だった。

彼女の祖父が元内閣総理大臣で、実家は政治家一家。

政界でもトップクラスのお嬢様として育てられたはずだが、秋穂曰《いわ》く「自分は政治家の嫁に向いていないし、なる気もない」んだとか。

そんな彼女の夫は、国立大学の研究室に勤務している。一生独身貴族を謳歌《おうか》すると豪語していたくせに、彼と出会うなり、秋穂はあっさり独身貴族同盟から足を洗ってしまった。裏切り者め。

今では立派に一児の母。夫の存在は羨《うらや》ましくないが、子供は心底羨ましい。

「言葉通り、男なしで子供だけ作る方法はないかしらと思って。聖母マリアの処女受胎《じゅたい》みたいに。最近小さな子を見かけるせいか、母性本能に目覚めたみたい。私も子供がほしい」

「いや、それは無理だから。っていうか、櫻子なら相手は選び放題でしょう。見合いだっていくらでも可能なんだから、選《よ》り抜《ぬ》きの人格者を探し出してもらえばいいじゃない」

「結構よ。男はいらないの。見合いだと、相手の真の性癖は結婚してみるまでわからないし。それにどうせ私をほしがる男なんて、ド変態の犯罪者予備軍ばかりだもの」

過去を思い出して、思わず遠くを見つめる。

タワーマンションから見える外の風景は、空が広くて気持ちいい。

秋穂は小さなため息を落とした。

「立てば芍薬《しゃくやく》、座れば牡丹《ぼたん》、歩く姿は百合《ゆり》の花……とまで言われた天下の鷹司財閥のお嬢様が、一生独身宣言ってだけでも男どもの悲壮《ひそう》感を煽《あお》るのに。男の子種だけほしいなんて、とんだスキャンダルだわ……。高嶺の花と言われ続けたあなたを狙っている男は、まだ大勢いるみたいだけど」

「全員却下。下心しかない野心家はトラブルの種よ。余計いらないわ」

かといって、下手に権力のある男も扱いにくく、性質《たち》が悪い。

そう言いきれるほど、私はこれまで様々な経験をしてきた。

一体私のなにがそうさせるのかわからないが、何故か昔から、特殊な性癖を持った男に迷惑な好意を向けられることが多かった。

幼い頃は、それでもまだ可愛いものだった——と言えなくもないかもしれない。小さな男の子がするスカート捲《めく》りなんて子供の悪戯《いたずら》にすぎないし。が、それを大人が指示し、幼い少女が怒る顔に興奮を覚えて盗撮するとなれば、話は別だ。

子供心に気持ち悪いと思ったが、あの頃はそれ以上その教員に近寄らないように気をつけることしかできずにいた。恥ずかしさから、余計なことは言えなかったのもある。

しかし、歳を重ねるにつれて、私の周囲に起こるあれこれは、とてもじゃないけど看過《かんか》できないレベルになっていく。

知らない男が私の彼氏気取りをしていたこともあれば、少しいいなと思った男性が実は私に対するストーカーの犯人だったこともあった。挙句の果ては拉致《らち》られそうになったことも。幸い、ボディガードに撃退されて、未遂ですんだが。

見目がよく、社会的地位もあり権力もある男ほど厄介だと、私は十代にして学んだ。

「ナルシストで自分に自信のある自尊心の高い男は、人の話を聞かないことが多いから嫌。あと、自分の都合のいいようにすべての物事を解釈する傾向が強いわ」

「言われてみればそうかも？」

相槌《あいづち》を打つ友人に、私は力強く頷き返した。

婚約の打診を断ったにもかかわらず、私に言い寄る懲《こ》りない男。その男に薔薇《ばら》の花束を渡された十六歳の誕生日は、強烈だった。

突然跪《ひざまず》いた男は私の脚に頬を摺《す》り寄せ、『毎朝君に蹴《け》られて起こされたい。結婚してほしい』とのたまったのだ。

三十路《みそじ》をすぎた男《ボンボン》の発言にドン引くとともに、生理的な嫌悪感《けんおかん》がわきあがったのは言うまでもない。

具体例をあげればきりがないが、一言でまとめれば〝変態ヤンデレホイホイ〟なんだとか。

ヤンデレなんて二次元でしか生息しちゃいけない生き物である。

三次元にいたら、いくらセレブだろうがイケメンだろうが、絶対恋愛対象になんてならない。

顔がよければ許されるというのも、私の辞書には存在しない。

顔がいいだけの男というのも要注意人物だから。

「櫻子がスイスの姉妹校に留学しても、めげずに追いかけていった男もいたわね。顔はすっごくよかったよね、彼。でも、一途すぎてね」

「ええ、あれも気持ち悪かったわ……。わざわざ女子校を選んだというのに、近隣の男子校に転入しようとしたんでしょ。大学病院のお坊ちゃんは」

奥手で純情すぎる男というのも、行きすぎると怖い。

初恋すら体験できなかった少女時代だけど、それでも一時の気の迷いで、淡い恋を夢見ていた時期もあった。

いつか王子様が……とまでは思わなかったが、穏やかで温かい愛情を無意識に求めていた頃があったのだ。

今はそんな感情も皆無だけど。

飲み干したコーヒーカップをソーサーに戻したところで、すやすやと寝ていた秋穂の息子がぐずり出した。一歳になったばかりの夏芽《なつめ》君は、べらぼうに可愛い。

色素の薄いくりくりな髪は、クオーターである母親譲りだろう。

抱き上げてあやし、ミルクを飲ませる友人を見つめる。彼女の横顔は、すっかり母親のそれだった。

「……幸せそうね」

ぽつりと呟《つぶや》いた声を拾った秋穂が、即答する。

「めっちゃ幸せよ。素敵な旦那と息子に出会えて。櫻子の事情は把握しているけど、結婚だってそう悪いものじゃないわ。独身同盟の一員だった私がそう言うんだから信じなさい。ひとりは気楽で自由だし、楽しい。けれど、いつか寂しくなる日が来るわよ」

つい数年前まで、結婚するメリットなんて見当たらないと一緒に言っていたくせに、人は本当に変わるらしい。友人たちにしてみれば、変わらない人間の代表が私なのだろう。

「……寂しい、って感情がまったくわからないんだけど。でも、今後寂しくなるかもしれないから、母性本能が強く刺激されて秋穂を羨《うらや》ましいと思うのかも。やっぱり私も母親になりたいわ。男はいらないけど」

「結局そこに辿りつくのか……」

嘆息した彼女には悪いが、私の人生において恋とか愛とかを必要ないと思う気持ちは、きっとこれからも変わらない。

結婚なんて、紙切れ一枚の誓約じゃない。

今の自由をなくすのも、束縛《そくばく》されるのもごめんだわ。

結婚に失敗して離婚調停になったら、さらに悲惨だろう。

海外で暮らしていくつもりだった私は、法律を学んでいた時に住んでいたニューヨーク州の法律には強くても、日本のそれは守備範囲外だ。弁護士をたてて――というのは手間だし、そこにかかる時間も労力ももったいない。

幸せそうな友人と夏芽君を見るのは好きだけど、自分におきかえると、リスクしかなさそうな結婚生活を人生の選択肢に入れるなんて、想像できない。

おとぎ話みたいに、王子様とお姫様は結婚してめでたしめでたし――では終わらないのだ。むしろ現実は、その後の厳しい試練の始まりでしょうに。

「行きつく先は、精子バンクかしらね」

半ば大真面目《おおまじめ》に考えている私に、秋穂は引きつった顔をした。

鷹司櫻子、二十九歳と六ヶ月。

三十路《みそじ》の大台に乗るまであと半年。年々お金では手に入らないものがほしくなるお年頃。

彼氏も旦那もいらない、恋とか愛とかにも興味がない。

だけど私もどうやら、人並みに母親になってみたいらしい。

鷹司家は遡《さかのぼ》れば旧華族の血を引く、皇族とも縁のある由緒正しい一族だ。

戦前から続く鷹司財閥は没落することなく現在まで繁栄し、それどころかさらなる成長を遂げている。

世が世なら、直系の血筋の私はやんごとなき身分のお姫様、らしい。

しかし私は、残念ながら蝶《ちょう》よ花よと育てられた麗《うるわ》しの令嬢とは、少し異なった。

楚々《そそ》とした立ち居振る舞いが美しい大和撫子《やまとなでしこ》……と、外見だけしか知らない相手からは思われているが、実際は周囲曰《いわ》く、〝女傑《じょけつ》〟だ。

実の両親は、私が幼い頃に事故で亡くなっている。

ひとりぼっちの私を、唯一自分の血を受け継ぐ直系として祖父は存分に甘やかし……てはくれなかった。

逆に容赦なく躾《しつ》けられたというほうが正しい。

茶道《さどう》、華道《かどう》に日本舞踊やクラシックバレエ、ヴァイオリンなどなど。数えきれない習い事を一通り習得させられ、隙《すき》のない才女に育てられた。

「好きに生きるためには、他者が口を挟む隙を与えるべからず」

祖父の口癖のひとつだ。

何事も一目置かれ、完璧に近い能力を手に入れれば、周囲も口を挟めない。そうすれば、煩《わずら》わしさが減る。

確かに一理あったので、私は貪欲《どんよく》に知識と技術を吸収し、特技を増やして己《おのれ》を磨き続けた。

負けず嫌いで気の強さも持ち合わせていたため、結果、深窓のお嬢様ではなく、女傑と呼ばれるに相応《ふさわ》しい女に成長したらしい。

ドン引きな求婚事件の後、私はスイスからアメリカに留学し、飛び級を繰り返して二十歳で四年制の大学を卒業した。

経営学を専攻後、ＭＢＡ――経営学修士――を取らずに、法科大学院への進学を希望。

法律を学んでおけば、いざというとき自分の身を守りやすいと考えたからだ。

大学在学中にＬＳＡＴ――法科大学院適性試験――を受け、二十三で無事に大学院を卒業。

そしてニューヨーク州での司法試験を受けて、合格通知が届いたところで――祖父から帰国命令が発令された。

正直、嫌がらせかと思ったわ。

「世代交代じゃ」なんて言って、祖父はあっさりグループ会社のひとつを私に押しつけた。

祖父の〝自由に生きたい〟願望につき合わされたために、私は二十四の若さで鷹司財閥の中枢《ちゅうすう》を担《にな》う総合商社、鷹司商事株式会社の代表取締役に就任させられた。そして、多くの難題をそのまま引き継がされたのだ。

まったく、「今後のグローバル化への対応は、若い者に任せる」じゃないわよ！

それまで跡を継ぐ必要はないとか言っていたのに、横暴すぎる。

――かくして私は、戦いの渦中《かちゅう》にぽいっと投げ込まれた。

本当、周りはどいつもこいつも油断ならない奴らばかり。

世界中と取引のある商社だというのに、日本の本社はそれはもうよくも悪くも、〝日本の企業〟

で。海外生活の長い私には、カルチャーショックが大きかった。

敵は身内にあり。

ひとつの判断ミスに足元をすくわれ、結果株主総会で干されるのも現実に充分ありえる。

職場環境の改善、コンプライアンスの見直しと強化、社員の意識改革に今後の事業展開——

考えることは山ほどあって、どれも時間がかかる。

けれど目に見えた成果をあげなければ、私には能なしの烙印《らくいん》が押され、すぐに新たな社長が誕生するだろう。

絶対に、〝女だから〟や、〝所詮《しょせん》お嬢様のおままごと〟だなんて言わせてやるもんですか。

日々が戦争の中、恋愛にかまける暇なんてあるはずもなく、私はがむしゃらに働いた。

ちなみに祖父は鷹司財閥の会長に就任と同時に、のんびりスイスで療養《りょうよう》すると言ったが、彼に持病などは存在しない。時折送られてくる写真は、明らかに世界各国で撮られたもの。

あのクソジジイ、面倒事を可愛い孫娘に全部押しつけて、自分は世界一周旅行を満喫しているのよ。許せん。

でも自分勝手でめちゃくちゃな祖父だけど、彼は孫娘にちゃんとサポート役を置いていってくれた。それが社長《わたし》の第一秘書の、早乙女《さおとめ》旭《あさひ》。もともとは、彼は祖父の秘書だった。

年齢不詳、経歴不明で、性別は男。

この男は文句なしに有能で、そして謎だらけである——

「社長、先ほどの会議の資料が届きました」

「ありがとう。デスクに置いておいて」

広々とした執務机の上に、会議でまとめられた資料がのせられる。

届けた張本人は部屋を退室することなく、資料で乱雑になっている机回りの片づけを始めた。

他の人間に触られたら苛立つが、この男だけはいつものことなので、好きにさせておく。

正直、助かると言えば助かる。

パソコン用の眼鏡を外し、液晶画面から視線を逸《そ》らした。

ふう、とひと息吐けば、先ほどまでいたはずの男がもういない。

ああ、ずっと同じ姿勢で首が凝《こ》ったわ。肩も辛《つら》い。軽くストレッチをし、綺麗に整頓《せいとん》されている資料のひとつへ手を伸ばす。

「新製品のイメージ戦略について、だったわね。あとは新ブランドの立ち上げか」

パラリと資料を捲《めく》る。

うちは総合商社だから、扱うものは化粧品・美容系からエネルギーや繊維と、多岐にわたる。

子会社も多く、研究所と製造工場を含めれば、関連施設は両手では数え切れない。

先ほど届いたのは、化粧品部門からの資料だ。

新たなブランドの設立に、イメージモデルの選抜。

「人気アイドルグループの年間契約料って一億超えるのよね……凄《すご》いわ」

候補者リストを眺めていたところで、気配もなく秘書が戻ってきた。

トレイに私用のカップをのせて。中身はきっと、カフェラテだ。

「そろそろお疲れかと思いまして」

「相変わらず気が利《き》くわね。ありがとう」

カフェで出されるのと遜色《そんしょく》がないカフェラテには、しっかりとラテアートまで施《ほどこ》されていた。歩いて持ってきたというのに、描かれた花模様が崩れていないって、どういうことなの。

ラテアートさえ器用にやってのける男を、ちらりと見上げる。

推定年齢三十五歳。左手の薬指に指輪がないことから、多分独身。身長は目測で百八十五センチ、体重は不明。

ガタイがいいのでそれなりに重そうだけど、動きは俊敏で隙《すき》がない。

恐らく脱いだら筋肉質なのだろうとは思う。見たことないけど。

凛々《りり》しい眉に鋭さを帯びた目、筋の通った鼻梁《びりょう》。男らしい精悍《せいかん》な顔立ちに甘さはなく、そんな野性的な魅力がありつつも、粗野ではない。

口調は丁寧、物腰も紳士的。

無駄口は叩かず、基本実直で真面目《まじめ》。若干《じゃっかん》融通が利かないところが玉に瑕《きず》。

趣味は不明だが、特技をあげたらきりがない。

語学は英語のみならず、フランス語、ドイツ語、イタリア語、スペイン語、ポルトガル語が堪能《たんのう》。

手話も点字も、ついでにモールス信号にも精通している。反射神経もよくてスポーツ万能、という噂。見たことはないけれど。

今までなにかを尋ねて、彼から「わからない」と言われたことがない。

そんなハイスペックな男とは、早五年の付き合いだ。

それなりの年月を過ごしてきたわけだけど、私が彼について知っているのはここまで。

仕事以外のプライベートは謎に包まれているし、実はかつて興味本位から素性を調べてみたけれど、失敗に終わったのだった。

私でさえ経歴を探れないって、一体何者なの。

祖父がどこからかスカウトしてきたらしいけど――

じっと早乙女を見つめていたら、奴は若干訝《いぶか》しむ顔をした。

「お気に召しませんでしたか」

「いいえ？　おいしいわよ。相変わらず引き出しの多い男ね」

「おほめにあずかり光栄です」

まったくもって、なにを考えているかわからない。

ひと口、カフェラテを啜《すす》る。

本当、温度も味も、私の好みドンピシャ。

私はこの男のことを掴みきれていないというのに、逆は違う。ダダ漏れだ。

仕事の補佐はもちろん、食事の注文や体調管理まで、なにからなにまで早乙女が任されている。

もはや私の執事かと問いたいくらいに。

でも、彼がいてくれたおかげで、いきなり社長に就任させられても戸惑うことが少なかったのは事実だ。

その点感謝はしていても、心のどこかで芽生えたライバル心は消えない。

元来私は負けず嫌いで、そしてプライドも自尊心も高い。

自分よりすべての能力が上だと認めざるを得ない相手が傍《そば》にいるのは、やはり悔しいのだ。

「ねえ、つかぬことを訊《き》くけれど。あなた結婚する気はないの？」

ここまでハイスペックで見目もよいのに、この男は未だ独身。

プライベートをはっきり訊くのは実ははじめてかもしれないが、口から飛び出た疑問はそのまま早乙女にぶつけられた。

予想外の質問に、彼は僅《わず》かながら目を瞠《みは》る。

「それは社長にお返しします」

「私は外野がうるさく画策しようと、結婚しないわよ」

「そうですか。でしたら私も独身を貫きます」

ん？

「あなた、上司《わたし》が独身だからって自分も従う必要はないのよ？　いつの時代よ」

「私の意志ですからお構いなく」

呆《あき》れた眼差《まなざ》しで見つめるも、早乙女はさらりと私の視線から逃げた。人のことは言えないが、いつまでも独り身だとご家族が心配するんじゃないの？

「あなたを狙う女子社員の悲壮《ひそう》感たっぷりな悲鳴が聞こえそうね」

「それも社長にお返ししますよ」

「結構よ」

こんな軽口を叩くのも、はじめてじゃないかしら。

そう思えるほど、私は仕事以外のコミュニケーションをこの男ととった記憶がなかった。

❀

今まで私は、鷹司《うち》の跡継ぎには遠縁の子供を養子に迎えようと考えていた。

とはいえ、親戚とは疎遠で、また鷹司の血を引く人間は極端に少ない。

具体的な養子のあてがあるわけではないこの状況下に加えて、このところの友人・知人の出産ラッシュ。それを聞き、私は近ごろ考えを改めた。

できることなら、私も自分の子供を抱いてみたい、と。

子供は授かりものだというのはわかっている。ほしいからできるわけではないし、ましてや跡継ぎがほしいから子供をつくるわけでもない。

ただ、自分の血をわけた子供に、無償の愛を注《そそ》ぐ母親の姿、という憧れが私の中でどんどん大きくなってとまらないのだ。

というわけで、人間の雌《めす》が単体で繁殖《はんしょく》できないのなら、どこかで種を調達せねばならない。

秋穂には呆れられたが、私は本気よ。夏芽君みたいな、プリティーな天使がほしいの。

「精子バンク……。これは最終手段かしら」

調べてみれば、独身女性も実は利用しているらしい。

昨今は私みたいな考えの女性も少なからずいるようで安心する。

「でもできれば子供の父親は、ちゃんと人となりを知っている相手がいいわね……。犯罪歴がなくて、性格に問題がない人格者で、家系的にも大病のない健康体の男性。あと優秀な頭脳を持つ男がいいわ」

条件をあげだしたらきりがないが。

外見も私好みならなお嬉しいけど、生理的に受け付けない人じゃなければ、あまり拘《こだわ》らない。

だって自分の子供だもの、どんな子でも愛せるに決まっている。

でも、本音を言えば、外見も好みならもっと深く愛情を注《そそ》げそう。

実は面食いで、選《え》り好《ごの》みが激しいのだ。

私に直接近づいてくる男は要注意人物ばかりだったけど、知り合いからの紹介ならまだ安全かもしれない。

『後腐れなく付き合ってくれて、なおかつ精子を提供してくれる人格者で見目のいい男性を求む。ただし、結婚願望のない男に限る』

かつての同志であり、独身貴族同盟のメンバーだった数名にメールを送信すれば、速攻で返事が返ってきた。

『そんな都合のいい男がいるか』

『鷹司家への婿《むこ》入りを望む野心家しか集まらないわよ』

『処女が男性襲うなんて無理だからやめておきなさいな』

……裏切り者どもがヒドイ。

自分たちだって、男なんていらないと言っていたくせに。

「皆今じゃ子持ちじゃないの。ずるいわよ」

人格者なら子供ができたと知った時点で、認知すると言い出すだろうし、そもそも遊んで捨てるような真似《まね》はしないとのこと。だから私の提示した条件に合う男性なんて存在しない、と。

また、やはり私のバックグラウンドが厄介だった。

正体を隠そうにも、社交界に私の顔は知れ渡っている。

一般人男性で十分なのだが、そうなると彼女たちもあまり付き合いがないのだろう。なにせ、私の友人は皆幼馴染《おさななじみ》だ。上流階級の子女ばかりが通っていた学園の。

だけど中に、ただひとり、『会うだけ会ってみる？』と言ってくれた友人がいた。

即お願いメールを送れば、数名の男性を紹介できると言う。

「大学教授に弁護士と、俳優？」

最後は一体誰が来るの。テレビはあまり見ないから、正直話が続くかどうか微妙だわ。

あまり過大に期待するべきじゃないとはわかっているけれど、存在しないはずの乙女心が少しだけ疼《うず》いた。

もしかしたら、私好みのステキな遺伝子を持つ男性に、出会えるかもしれない。

「そうよ、別に出会っていきなり襲うなんて真似《まね》はしないわよ。ただ食事を楽しむだけだし」

ご飯を食べながらその人と合うか合わないか、確かめるだけ。

そんなまともなデートなんて、はじめてとも言える。ちょっと照れくさい。

「いえ、これは取引先の食事会と同じだと思えば、緊張も和《やわ》らぐわ」

それに自分の専門外の相手の話を聞くのは、嫌いじゃない。知識と視野が広がるのはいいことだ。


仕事が早い友人がオススメしてきた男性と、お会いする日がやってきた。

その日は定時である五時より一時間遅い六時に、迎えの車を呼んでいる。

我が社ではたとえ役員であっても、不必要な残業はするなと伝えてある。

もちろん、どうしても例外が出る場合は仕方ないが。

だらだら仕事をしていたって生産性が上がらない。遅くまで仕事をするのが美徳だと思っているのは、世界では少数派よ。

季節は九月上旬。

暑かったり寒かったりと、気温が定まらないけれど、コートにはまだまだ早い。

六時十分前、社長室に隣接している仮眠室にて、Ｖネックの黒いワンピースに着替えた。薄手のカーディガンを羽織り、靴はそのままハイヒール。

上品な大人の女を演出した格好で部屋に戻れば、まだ退社していなかった早乙女が僅《わず》かに怪訝《けげん》そうな表情を覗かせた。

「本日は取引先との会食などはなかったはずですが？」

「ワンピースに着替えたくらいで大げさね。どうして仕事としか思えないの」

「では、どなたとお会いされるのでしょう」

普段は仕事以外の領域まで入り込んだりしないのに、珍しいこともあるものだわ。訝《いぶか》しむ表情の男は、どことなく不機嫌なオーラを漂《ただよ》わせている。

「とある大学教授と食事に行くのよ」

「プライベートでですか」

「ええ、もちろん。一応デートだし」

「……………」

私のことなんて興味がないと思っていたけど、何故この男が不愉快な顔をするのかしら――って、理由は簡単か。恐らく祖父からいろいろと聞かされているのだろう。私のトラブル体質について。

「心配しなくても身元ははっきりしているし、ちゃんと護衛もつくわよ？　他の客の迷惑になるから店内には入ってこないけど」

眉間に皺《しわ》を刻む早乙女の渋面は緩まない。なにが気に食わないのかしら。

ああ、もしかして。

ぽん、と手を叩いた。

「二日酔いになるんじゃないかと思っているのね。安心して、平日は飲まないから、明日の業務に支障はないわ。あなたも早く帰ってゆっくりしなさい。じゃ」

バッグを手に持ち、社長室を後にした。

なにかを言いたげな早乙女は、結局私に声をかけないままだった。

「一応五年も傍《そば》にいたわけだし、保護者感覚？　それともおじいさまに余計なこと吹き込まれてるとか」

ありえそうね。

過保護になられたら厄介だし、祖父には釘をさしておくか。

あの男もいい歳だ。私に遠慮せずに、さっさと可愛いお嫁さんを探せばいいのに。

――このときは、そう呑気なことを思っていた。

❀

大学教授にはじまり、弁護士、そして舞台俳優と続いた食事会は、すべてつつがなく終わった。

結論を言えば、……ごめんなさい。私にはちょっと、合いそうになかった。

というか、本音を言えば、魅力を感じなかったのだ、彼らの遺伝子に。

当然、そんな失礼なことは告げていないけど。

別に見合いとか、そんな堅苦しいものではなく、友人夫妻を交えた食事会として、私は彼らに会った。

会話の内容はほとんどが仕事。お互い取引相手と話す感覚だ。

ただ仕事の延長線で話をしていただけなので、色っぽさは皆無だった。

仕事の話は興味深く、勉強にはなったのだけど……

彼らに子供の遺伝子上の父親になってもらいたいとまでは、残念ながら思えなかった。

一世一代の取引を交《か》わしたいと強く思わせるには、どうやらなにかが足りないらしい。

別に彼らが悪いというわけではない。

仕事への熱意はあるし、性格だって真面目《まじめ》で誠実さも窺《うかが》えた。

私に下心を持って近づいてきた変態とは違う。人間性にも優れた人。

彼らを魅力的に感じる女性は、大勢いるだろう。

ならばどこが合わないのかと言われると、一言では表せない。

仕事にプライドがあるのはいいことだけど、自然に自慢を繰り返すのを聞いているのは、はっきり言って少々げんなりしてしまう。食べ物をおいしく食べられる相性ってあるのかもしれない。

人の話を捻じ曲げて解釈する皮肉屋《サーカスティック》な大学教授、民事訴訟で勝訴した話を延々と繰り返す弁護士、落ち着きがなく好きな食べ物だけを少しずつつまむお喋《しゃべ》りな俳優。

食べ物の食べ方って重要だと実感したわ。

女の子は結構見ているわよ。男性の本性が現れる瞬間でもあるから。

悪い人たちではない。

ただ一言で言えば、……とても疲れた。

「なんで私がずっと気を遣わないといけないの。接待じゃないのに」

私に必要以上に気を遣わせる男はダメだわ。疲れる。

まあ、一番気を遣っていたのは、友人夫妻だろうが。

友人には申し訳ないと謝罪して、この件は終了した。お礼とお詫びに、二人にはとっておきのワインを贈る予定だ。

親しき中にも礼儀あり。けじめはきっちりつけないと。


モヤモヤとしたなにかを抱えたまま会社へ行き、仕事をこなして帰宅する日常が再び繰り返される。

仕事に没頭していれば、プライベートの不満なんて思い出さないんだけど、仕事のストレスが蓄積されれば話は別だ。

ああ、癒《い》やしがほしい……

目を通さないといけない書類の山にげんなりしつつ、つい先日秋穂が送ってくれた夏芽君の写真をスマホで確認した。

完璧なカメラ目線で極上の笑顔を見せる夏芽君は、仕事に疲れたときの最高の癒やしだ。

まさに天使！

『うちの子可愛いでしょ』

なんて親バカ丸出しのメールにも、迷わず即答。

ええ、可愛いわよ。すっごく！

子供の純粋な笑顔って、どうしてこう幸せな気持ちにさせられるの。

私が汚れた大人になったからかしら。

この仕事に就いてから、剣山《けんざん》の上を綱渡りしているような錯覚が拭《ぬぐ》えない。

隙《すき》を見せたら落とされる可能性は、己《おのれ》を奮い立たせると同時に多大なるストレスをもたらす。

祖父は私の実力を試すよりも潰そうとしていたと言われたほうが、納得がいく。


はじめてこの会社に〝社長〟としてきたとき、長年会社を支え続けてきた人物である副社長の鷲《わし》尾《お》は言った。

『ほお、ずい分と可愛らしいお嬢様だ。会長も人が悪い。若いお嬢様には荷が重すぎるだろうに。あちらが社長室ですが、あなたはただデスクに座ってらっしゃるだけでよろしいですよ』

紳士面でにっこり笑った壮年の男。

顔に刻まれた目尻の皺《しわ》が深まるほどに、威厳《いげん》と貫禄《かんろく》が際立つ彼は、見るからに一筋縄ではいかない。

副社長をはじめとする役員の数名は、私を認めていないから、〝社長〟とは呼ばなかった。

別にそう呼ばれないことなんてどうでもいい。

けれど、だからと言って社内で「お嬢様」はないでしょう。

……意地でも認めさせてやるわ、私が使える人間だということを。

と、闘志を燃やしていたあの頃は、今より血の気が多かったのだろう。

一ヶ月かけてこの会社の状況を把握できたとき、頭に浮かんだ一言は、「やってくれたなクソジジイ」、である。

祖父はあえて、内部の厄介事を中途半端なまま私に引き継がせた。

理由は簡単。甘えるなということと、私が使える人間かを見極めるため——

それからの私は、まずは社内の制度の見直しに取り組んだ。

そのうちのひとつが、男女ともに容易に取得可能な育児休暇制度に、社内保育園の整備といった、子育て環境の充実。

子供を気にせず安心して仕事に励めることは、従業員の満足度を上げる。女性雇用のアピールポイントにもなり、安定した雇用に繋がった。また企業のイメージアップもできて、作って損はない。

そしてできた一階のロビーからそう遠くない場所にある保育園は、密かに私の憩《いこ》いの場となっていた。


「ちょっと休憩するわ。十五分したら戻るから探さないで」

有能秘書から了承の返事を聞く前にさっさと退室し、役員専用のエレベーターに乗り込んだ。

目的地は一階。警備員室に顔を出し、ちゃっかり隅《すみ》っこに置かせてもらっている私物の荷物を取り出す。そして、彼らに愛想のいい笑みを向けた。

「いつもご苦労様。あと場所を借りて悪いわね」

「い、いいえ！　とんでもないことでございますっ。光栄でございますっ！」

警備服を着た年若い青年が真っ赤になってどもるのは、初心《うぶ》すぎて可愛らしい。

人気《ひとけ》のない通路を足早に歩き、一階の奥に作られた保育室へ到着した。

ぐるぐるにねじってクリップで留めていた黒髪をほどき、背に流す。スーツのジャケットを脱いで、手に持っていた薄いピンクのカーディガンを羽織った。

社内で使用している、度の入っていない眼鏡を外して、先ほど警備室に置いていた袋から「桜保育園」と書かれたピンク色のエプロンを取り出す。それを身に着ければ、どこから見てもなんちゃって保育士だ。

「もうお昼寝前の時間か。子守唄代わりに一曲弾いてあげようかしら」

扉を開けて、防音対策が施《ほどこ》された室内に入る。

もちろん、専用のカードキーを使用して。

「あ、さくらおねえちゃん！」

目ざとく気づいた園児たちが、わっと私に群がった。

きらきらしたお目目で、純粋な笑顔を見せてくれる。

もう、なんてかわゆい！

「さくらおねえちゃん、ひさしぶりね！」

「きょうはお歌うたうのー？」

好奇心旺盛《おうせい》な子供たちに、にっこり微笑む。

「皆元気そうね。お歌はまた今度にしましょう。そろそろお昼寝の時間でしょう？」

ここでは0歳児から小学校入学前の子供まで預かっている。

乳児は隣室にいるようで、今足元にまとわりついているのは二歳から六歳までの子供たちだ。

視界の端でにこにこ笑っているのが、この保育園の園長先生。

その隣りで二歳の子供を抱いているのが、まだ年若い保育士の女の子。緊張した面持《おもも》ちでおろおろしていた。

毎回予告もなしに現れるの、心臓に悪いわよね。ごめんなさい。

別の保育士がパンパンと手を叩き、園児たちをお昼寝室まで移動させる。

だけど眠くてぐずっている子や遊び足りない子など色々なようで、なかなか従ってくれない。

「さくらおねえちゃんとおはなししたい～」

「ふふ、嬉しいけど眠そうよ？」

小さな手でエプロンの端を掴むのは、ご両親ともにうちで働いている、逢坂夢《おうさかゆめ》ちゃん。オシャレが好きな、おしゃまな子だ。ツインテールがよく似合っている。

「こもりうたに、なにかひいて？」

子供たちのおねだりに、保育士に目線で尋ねれば、頷かれてしまった。こんなこともあろうかと、ヴァイオリンケースを入り口に置いてきたのがバレていたらしい。

仕事や来客の邪魔はしないように、ここは録音スタジオ並みに防音が施《ほどこ》されている。近くの警備室にも音は届かないということで、誰かに聴かれる心配はない。

わくわくしている子供たちをお布団の中に潜《もぐ》らせて、「一曲だけよ？」と念を押す。

音を調律して、一呼吸。子供たちが好きな歌を演奏した。

曲名は、『きらきら星』。

ゆったりと絃を引き、心を落ち着かせる。

ヴァイオリンは子供の頃、英才教育のひとつとして習わされたものだけど、趣味でも続けていてよかった。自分の特技がどこで役立つか、大人にならないとわからない。

引き出しは多くても、いざというときちゃんと引き出せなきゃ意味はないが。

演奏が始まってすぐはうっとりと聞いていた子供たちだったが、曲が終わる頃には本当に子守唄代わりになっていた。今はもう、全員寝ている。

起こさないようにそっと部屋を出て、園長先生と保育士たちに挨拶《あいさつ》をした。

気づけばさっき早乙女に伝えた休憩時間をすぎている。

「しまった、急いで戻らないと面倒くさいわ」

手早くエプロンを脱いで、ケースに仕舞ったヴァイオリンを持ち上げた。

「では、お邪魔しました……」

扉を開こうとしたら、最初からお昼寝を放棄しプレイルームで遊んでいた五歳児の男の子が、私の脚に勢いよく抱き着いてきた。

「さくらおねえちゃん！」

「きゃっ」

うわ、倒れる――！

だが、思っていた衝撃はやってこない。その代わりに、がっしりとした腕と手の温もりに支えられた。

って、あれ？

「匠真《たくま》君、いきなり危ないでしょう」

慌てて駆け寄ってきてくれた保育士さんに彼は窘《たしな》められる。そして私はというと、嗅《か》ぎ覚えのある匂いに、振り向けない……

「予定よりすぎていますが。なにをなさっておいでですか？　社長」

「……っ、探さないでと言ったはずだけど？　何故ここにいるのかしら、早乙女」

和《なご》やかな癒《い》やしムードはどこへやら。一瞬で現実へ戻された。

振り向けば、私より二十センチ以上は身長が高く、威圧感のあるデカい図体の男が私を抱きとめている。

「十五分と先に告げて出て行かれたのは、あなたのほうですよ。時間厳守でお願いします」

無表情がデフォルトの男は、腰に響くバリトンで返した。

精悍《せいかん》な顔立ちは男らしく整っていて見目がいいが、四角四面で融通が利《き》かないのはどうにかならないものか。もう少し柔軟に対応してくれてもいいんじゃないの？

私からすっと離れた早乙女は、いきなり現れた大きな男にびっくりしている匠真君と、目線を合わせるようにしゃがんだ。

子供の頭がすっぽり入る大きな手で、ガシッと撫でる。

「走ったまま勢いよく抱き着くのは危険です。相手は女性なのですから。いいですね？」

こくこくと首を縦にふる子供を見て、仏頂面《ぶっちょうづら》のあの男が……笑った。

その瞬間、目を瞠《みは》ったのは私だけではなかったはず。現に、若い保育士数名が一瞬でうっとりした顔つきになった。

「大丈夫よ、匠真君。私になにか言いたいことでもあったの？」

しゃがんだ私に、彼は落ち込んだ顔をして謝ったが、優しく問いかければ目を見つめてくれた。

「あのね、またヴァイオリンひいてくれる？」

「あら、気に入ってくれたのね。嬉しいわ。ええ、今度弾いてあげるわ。約束よ」

指切りをすれば、笑顔を見せてくれた。やっぱり子供は素直で可愛い。

「おじさん、さくらちゃんのカレシ？」

いきなり背後からかけられた声に、はっと振り返る。どうやら別室で起きていたのは、彼ひとりではなかったらしい。

女の子のひとりが、姿を現したかと思えばいきなりそんな発言を投げつけた。

この男が彼氏だなんて、天地がひっくり返ってもありえない！

だけど、社長と秘書だなんてもちろん言えない。

「いいえ、仕事の仲間よ」

私がここに〝さくらおねえちゃん〟として来ていることは、社員には秘密なのだ。園児たちに社長なんて言ったら、どこでバレるかわからない。

「ふーん？」と呟《つぶや》いた結《ゆい》ちゃんは、興味深く早乙女を見つめていた。

ええ、本当に。

この男が私の彼氏だなんて、絶対にありえないわ。

でも……とここで、頭がフル回転を始めた。私が捜し求めていた条件と照らし合わせると、早乙女は意外すぎるほどピッタリはまる。

悔しいことに私よりも多くの引き出しを持つ、経歴不詳の男。

頭の回転が速く、ひとつ頼めばその十歩先まで見据えた予定を立て、行動に起こす。なにも言わなくても、望んだところまで仕事が片づいているなんて、日常茶飯事《さはんじ》だ。

顔立ちは端整で声もいい。男らしい逞《たくま》しさは、ずばり好み。

そして意外にも、子供に見せた顔は優しかった。鋭い眼差《まなざ》しをふっと緩め、口角を上げて笑った表情は、希少中の希少。

私の会話に難なくついていけて、テンポも文句なし。私が遠慮や気遣いする必要のないところも、ポイントが高い。

――彼氏と間違われてから、ここまでの結論を出すのに僅《わず》か十秒。

私は自分を迎えに来てくれた秘書の早乙女をじっと見上げた。

心の中で、ニンマリと笑う。

……へえ、いるじゃなぁい。こんな近くに、理想通りの物件が。

「お騒がせして申し訳ありません。私たちはこれで失礼させていただきます」

一礼した早乙女が扉を開けて、私を先に退室させる。

手を振る匠真君と結ちゃんに手を振り返し、役員専用のエレベーターに乗った。

その間に、薄ピンクのカーディガンからスーツのジャケットに着替えておく。

ヴァイオリンケースは早乙女の手に渡っていた。

静かにエレベーターが目的地に到着するまで、終始無言。

だがそれでいい。

チン、と小さな到着音が響いたのは、私の脳内ですべての計算が終わったのと同時だった。


——ターゲット、ロックオン。

この男ほど相応《ふさわ》しい人間はいない。そう、私の未来の子供の、父親に——

第二章　Crescent Moon ——三日月——

社長室に戻りいったん荷物を置いてから、社員食堂へ向かった。

もうとっくにお昼時間はすぎているが、実はまだご飯を食べていない。十二時すぎまで会議で拘束され、その後は未だ私を面白く思ってない役員連中からネチネチとした嫌味《いやみ》攻撃に遭っていたのだ。それでぐったりしていたから、私は保育園に癒《い》やしを求めに行った。

子供たちから「さくらおねえちゃん」と慕《した》われて、一瞬で心が癒やされたわ！

純粋な気持ちが嬉しい。狐狸妖怪《こりようかい》ばかりを相手にしていると特に。

ヴァイオリンも弾いたことでよりリラックスできた私は、空腹感を覚えたわけだけど……、何故か早乙女が一緒についてくる。

監視役か。さっきみたいにふらふらどこかに行かれたら困るからか。

「あなたもお昼ご飯まだだったの？」

「ええ。本日のお昼は社長が社員食堂へ向かわれると思っておりましたので」

思考と行動を読まれていて怖い。

今日の昼食を社員食堂でとろうと決めたのは、私自身でさえついさっきのことなのに。

有能すぎるのも厄介だわ。浅知恵では、この男を出し抜けない。

けれど、先ほどの考えが頭をよぎる。

私の秘書は、社内での人気が高い。女子社員からは日々、熱い視線を向けられている
私たちは二人セットで歩くことが多いけれど、隙《すき》あらば狙おうとする狩人《ハンター》も少なからずいる。

今まではまったく気にならなかったが、私もその狩人に仲間入りをしたいので、今後は普段以上に早乙女と一緒にいなければ。

最近じゃ、雑談も珍しくないし。お昼時間は探りをいれるチャンスだ。

「本日のサバの味噌煮《みそに》定食は終わってしまったようですね」

「この時間だし、仕方ないわよ。人気メニューだもの」

食堂前の入り口にかけられたメニューを見れば、人気メニューはことごとく売り切れだった。

食材にこだわり、栄養バランスも満点な社員食堂は、うちの会社のアピールポイントのひとつだ。

テレビや雑誌から取材されること、数回。

十五階にある食堂は明るく開放的で、そしてお値段は安い。

一食ワンコインで、メイン+ドリンクとサラダバーも食べ放題。

また、一ヶ月分のパスも購入可能だ。ひと月分なら五千円で食べられる。毎日行くなら十日もあれば元が取れるので、断然お得になっている。

これで人気が出なかったら泣けるわね！

実は役員専用の食堂というのも別の階《フロア》にあったのだけど、私が社長になってからすぐにそこは廃止した。

食堂が既にあるのに、わざわざ役員だけのためにもうひとつ作るなんて、ありえない。それこそ余計なコストだ。

忙しいならこの社員食堂へ電話一本すれば、食べに下りなくても部屋に運んでもらうことも可能だし、テイクアウトもできる。

けれど私は社員と混じって食事をすることを推奨している。

そうでもしなければ、彼らの声をいつ聞くというの。社員を緊張させるという反対意見も出たけれど、それは慣れさせればいいだけだ。

現在、かつての役員食堂は、社員たちの憩《いこ》いの場として提供している。

ソファを置いて、ちょっとしたラウンジに変貌させれば、ふらりふらりと休憩時間に飲み物を持った社員が寄り始めた。

社員証のカードがプリペイドカードとして機能しているので、食堂に入ったと同時にカードを提示した。

ピッ、という電子音が鳴り、中へ入る。

人はまばらだけど、この時間にしてはガラガラというわけではない。

中へ入った直後、一瞬室内が静まりかえった気がするが、それを気にするほど私の神経は細くない。

何気ない顔でトレイを取ろうとすれば、さっと動いた早乙女が私の分も手に抱えた。

「ちょっと、自分の分は自分で持つわよ」

「いいえ、私が持ちますので。ご注文をどうぞ」

人の視線がチクチクと痛い。

「あのね、あなたは私の使用人じゃないのよ。メイドや執事ならともかく、秘書でしょ。それとも私の保護者気取りなわけ？」

「……」

否定しないし！

「社長、後がつかえておりますので、ご注文を」

早乙女は、頑《かたく》なに私にトレイを持たせなかった。きっと落とすと思っているのよ。

子供扱いに拍車をかけそうでなんとも癪《しゃく》だが、たまたま目についたオムライスを注文した。サラダバーにて和洋中のサラダを取り、ウーロン茶を持ってテーブルにつく。

威圧感のある男の傍《そば》には、誰も近寄ってこない。いえ、皆気にはなっているようで、離れた席から窺《うかが》っているのがバレバレだけど。

遠巻きにされるっていうのは、少々寂しいものだ。

「社長、卵以外のたんぱく質が見当たりませんよ」

「うっさいわね、チキンライスなんだから大丈夫よ。あなたは私のお母さんか！」

パチン、と割り箸《ばし》を割った音が響く。レタスや大根《だいこん》などの盛り合わせサラダと、オムライスじゃ、そう思われても仕方ないが。でも夜に補うからいいのだ。

私の洋食系メニューのトレイに対して、早乙女はぶり大根に浅漬け、いんげんの白和《しろあ》えとお味噌《みそ》汁《しる》を頼んでいる。彼は和食を好むらしい。

野菜もたっぷり。でもドレッシングは使わない派。背筋を伸ばしてお味噌汁《みそしる》を啜《すす》る姿は、どこか気品が漂《ただよ》う。

「なにか？」

「いえ、別に。あまり気にしたことなかったけれど、あなたって綺麗に食事するのね」

お箸の使い方と食べ方の所作が丁寧だ。

栄養バランスを考えて食べるのは、正しい食事のあり方。

先日お会いした俳優——名前忘れた——は、あまりいい食べ方をしていなかったけれど。

サラダを食べ終わり、とろとろの玉子が絶品なオムライスをスプーンですくう。

その後無言で食べ進めて、食後のお茶を飲んだ後、二人で社長室へ戻った。


「社長、早乙女さん。お疲れ様です」

社長室の扉の前で待っていたのは、入社五年目の秘書課の若手、小早川《こばやかわ》だ。

「どうかしたの？」

扉を開ける早乙女に促《うなが》されるまま中に入れば、彼はどこか歯切れの悪い声で「お届け物です」と、いくつか小包を差し出した。

大、中、小のそれらを見て、すっと目が据わる。

あれは十中八九、私宛ての貢ぎ物《プレゼント》だろう。

「それは？」

「鷺沼《さぎぬま》製薬の鷺沼専務から、お届け物でございます」

メッセージカードがあるということで、小早川に許可を出して読み上げさせた。

「今週末の創業祭、忘れずに出席をお願いいたします、……とのことです」

「……参加予定ではあるけれど、エスコートはお断りしたはずだわ」

思わずげんなりしたため息を吐《つ》き出す。

付き合いのある鷺沼製薬が百周年を迎えるので、今週の土曜日に盛大なパーティーが開かれるのだ。

祖父の前の代から懇意《こんい》にしている製薬会社の記念式典に、私が出席しないわけにはいかない。

けれど、この三箱にも及ぶ贈り物には、正直嫌な予感しかしない。

あそこの専務は、社長の次男坊。私よりいくつか年上だが、未だ独身。

そしてことあるごとに、私にちょっかいをかけてくる。丁重な断り文句もさらりと流すのは、鈍いのか、わざとなのか。バカではないから、恐らく後者だ。

「めんどくさい……」

小さなぼやきは再度吐いたため息に消された。

テキパキと準備を始める秘書に声をかける。

「早乙女、お願い」

「は」

室内にあるソファに座り、男二人が小包を弄《いじ》るのをじっと見守る。

まずはエックス線を使い、箱を開けずに中身の確認をする。

空港のセキュリティチェックに使うアレに似ている。一応警備室で金属検査を通過しているので危険物ではないはずだが、念には念を入れてということらしい。

ゴーグルと手袋を着用し、準備を万端に整えてから挑む秘書二人は、本当に一企業の秘書なのか怪しい。

「こちらの箱には衣類ですね。隣の箱には靴が納まっています」

「一番小さな箱から金属を探知しました。警備室からの連絡通り、ジュエリーと思われます」

「そう。危険なものではなさそうね」

とは言ったものの、安心するのはまだ早い。

小早川に後処理を任せた早乙女は、物々しい装備を脱いだかと思うと、手袋をはめたままなにかを手に持つ。――盗聴器の探知機だ。

「――反応ありません」

「そう、ご苦労様」

ようやくほっとひと息つけたところで、二人が箱を開ける。

海外の有名ブランドの包装紙は見かけだけではなかったようで、中身ももちろんそのブランドの衣装と靴にアクセサリーだったそうだ。

何故曖昧《あいまい》なのかって？　自分で確認できなかったからよ。

一番大きな箱を開けたとたん、小早川が恥ずかし気に顔を紅潮させて視線を彷徨《さまよ》わせた。

「一体なにを送ってきたの？」

どうせろくでもないもの――あの男が考えそうな奇抜で露出の激しいドレスが入っているに違いない。

開けた箱をパタンと閉じた早乙女は、私にこう告げた。

「送り返しましょう」

「え？」

「小早川君。手配を」

「はい！」

社長室から去る小早川に、動揺していた気配はもうない。

切り替えが早いのはいいことだ。彼はまだ若いから、早乙女みたいなポーカーフェイスは難しいだろうし。

部屋に二人きりになった途端、早乙女がコーヒーを淹《い》れて持ってきた。

甘くないコーヒーを一口啜《すす》る。彼が淹れるコーヒーは、香り豊かでおいしい。

「で？　結局なんだったの」

「カードの通り、社長宛ての衣装が一式そろっておりました」

「その割には慌ててたわよね。そんなに見せたくないほど、悪趣味だったの？」

返す前に見たかった！

それはそれで、鷺沼の次男を強請《ゆす》れるネタになったのに。

使えるものはなんでも使うお腹の黒い櫻子さんは、イイ子ちゃんな考えを持っていない。

しかし、そんな私のお腹の中など気にせず、僅《わず》かに眉根を寄せた早乙女は、「悪趣味極まりないものでした」と答えた。

「男の願望を押しつけただけの見苦しい衣装でしたので、どうぞお忘れください」

「そこまで言われて忘れられるほうが凄《すご》いわよ」

男の願望ってなによ。メイド服とか？

リアルメイドは屋敷に帰ればいますけど。

結局なにが届いたのかはわからぬまま、その後の処理はすべて二人に任せて、私は自分の仕事へ取り掛かることにした。

早乙女の姿が室内から消えたのを確認して、スマホを取り出す。もちろんこれは、会社が契約している仕事用ではなく、プライベート用。

仕事用だと隅々まで見られる可能性があるからね。我が社のＩＴ戦略部は優秀だ。

目当ての人物にかけると、さほど待たずに電話は繋がった。

「お疲れ様です。鷹司櫻子だけど、ひとつお願いできるかしら？」

要件を述べて電話を切るまで、僅か三十秒ほど。

「さぁて。今度はちゃんと隅々まで調べてもらいましょうか」

〝秘書の早乙女旭の謎を徹底的に暴《あば》いてちょうだい。恋愛面を中心にね！〟

と、簡単に要約すれば、こんな内容を依頼したのだ。私が買収した興信所兼警備会社の探偵たちに。

どこまで探ってこられるやら。

部下のプライバシーを暴くなんて真似《まね》、普通ならやらないけど。どうしてもな場合は存在するし、仕方がない。

「修羅場《しゅらば》はごめんだからね。実は既婚者とか交際相手がいるとか、性癖に問題があるとかじゃなければ、諦めないわよ」

恨むなら、有能すぎて私に目をつけられた自分を恨みなさい。

これからのことを考えると、高揚感で気分がとても浮き足立った。

血湧き肉躍る、という表現がぴったりだわ。

「うふふ、覚悟してなさい、早乙女。のんびりできるのも今のうちよ」

仕留めるなら、一気に急所を狙うまで。

女豹《めひょう》を彷彿《ほうふつ》とさせる鋭く光った目を眇《すが》めて、ぺろりと舌でルージュを舐めとった。

❀

「お疲れ様でした、櫻子お嬢様」

終業後、迎えの車に乗り込んだ私は、ふかふかなシートに身を沈ませる。

「いつもありがとう、喜多嶋《きたじま》さん。待たせたかしら？」

「いいえ、時間通りでございます」

うちの運転手で使用人のひとりの喜多嶋さんは、柔らかい空気をまとう壮年の男性だ。

父親が生きていたら、恐らくこれくらいの年齢だろう。

子供の頃から私が留学するまで、ずっと送迎は喜多嶋さんの仕事だった。学園で嫌なことがあったときも、我儘《わがまま》を言って寄り道がしたいとごねたときも、いつも私に付き合ってくれた優しいおじさま。

今でも、こうして迎えに来てくれるとほっとする。会社という戦場で戦ってきた後だとなおさら。

私にとって、子供の頃からの使用人の彼らは、家族同然。というよりも、血縁者が極端に少ないため、家族だと言い切れる。

「なにかいいことでもございましたか？」

「え？　何故？」

「お嬢様が楽しそうな顔をされていますから。なにか嬉しいことでもあったのではないかと」

職場を去ると、途端に感情が顔に出やすくなるらしい。緊張が緩んでいる証拠だ。

「ええ、嬉しいことかはわからないけど、楽しそうなことがこれから起こるのよ」

「それはなにかと伺《うかが》ってもよろしいでしょうか？」

「ふふ、まだダメよ。結果が出てから教えてあげるわ」

信号で停まった車を発車させて、喜多嶋さんが微笑む。

「それは楽しみにお待ちしております」

「期待しててちょうだい」

鷹司家に仕えてくれる彼らに結果を報告するときは、私は独り身ではない。

お腹に素敵な宝物を授かった、という報告になるのだ。きっと彼らは驚愕《きょうがく》するだろう。

一生独身宣言をして、子供も作らないと公言していたから、私は皆に心配をかけているのだ。

だから間違いなく、彼らは喜んでくれる。たとえシングルマザーとして育てると言っても。

「週末の鷺沼家の創業祭は、早乙女にエスコートを頼もうかしら」

ひとり、呟《つぶや》く。今まではなんとも思っていなかった相手が、これから私の大事な人になるのだ。

子供の遺伝子上の父親、という。

三十分ほどで、車は自宅へ到着した。

閑静な高級住宅街の、さらに奥まった場所。そこにある屋敷は、とにかく大きくて古い。

大正時代に建てられた歴史的建造物で、レトロな外観が可愛いと言われている。

また、一応国の重要文化財にも指定されている。

ゲートを抜けてから玄関まで車で五分。どんだけ広大なんだと思わせる敷地に、はじめて来る人は言葉をなくす。

この屋敷は、ロンドン出身の有名な建築家に依頼をして造らせた。

レンガ造りで全体的にシックな雰囲気の洋館には、和室もある。庭は西洋風のみならず日本庭園もあって、和と洋が程よくまざっている。

ところどころ修繕もされているが、そろそろ百年が経とうとしているのに、未だに住めるのが凄《すご》い。まあ、ガタがきている箇所もあるけれど。

「お帰りなさいませ、お嬢様」

「ただいま帰りました」

出迎えてくれた数名の使用人と言葉を交《か》わし、昔から私の面倒をみてくれている母親代わりの芙《ふ》由《ゆ》子《こ》さんに鞄を手渡した。

ちなみに芙由子さんは、喜多嶋さんの奥さんである。

「お嬢様、お館様《やかたさま》からお電話が入っております」

喜多嶋家の長女に鞄を預けた芙由子さんが、電話の子機を私に渡した。

「おじいさまから……珍しいわね」

しかもなんてタイミング。心底嫌な予感しかしない。

たったひとりの血縁者と言える相手なのに、日々無理難題をぶつけられて疲弊《ひへい》している私は、この状況を作り上げた祖父に腹を立てていないとは言い切れない。

が、私も大人。半年後には三十の大台に乗る。

老人の戯言《たわごと》にこれ以上付き合うつもりはないけれど、祖父孝行はきちんとするつもりだ。

「お電話代わりました、櫻子です」

『おお、櫻子か！　元気そうじゃの』

久しぶりの祖父のほうこそ、ストレスもなくて快適そうな声だ。ってか、若い女性の英語が間近で聞こえるんだけど？

どこのリゾート地で療養してるんだ、この人は。

「ええ、お陰様で」

嫌味《いやみ》には嫌味を返しても許されると思う。

そんな挨拶《あいさつ》の応酬をした後、彼はまた面倒事を私に投げた。

『本来なら儂《わし》か他の者が出席するはずだった集まりだが、櫻子、お前行っておいで』

「……はい？」

ちょっと待った。いきなり「行っておいで」とか言われても、急には無理よ。

第一私のスケジュールは、かなり先までぎっしり詰まっている。

にもかかわらず、人の話を聞かない祖父は、気にする様子もなく話し続けた。

『海外でのカンファレンスじゃぞ。世界を相手にする実業家に経営者、各分野で名を馳《は》せる著名人がわんさか集まるのじゃ。貴重な機会じゃろう。しかも今年の開催地は、ニューヨークじゃ』

「ニューヨーク？」

帰国してから一度もあの地には帰っていない。思わず懐かしさが溢《あふ》れてしまったが、ちょっと待った。なんで私が行かないといけないの。

『ええのお、ええのお～』なんて言うなら自分で行きなさいよ！

ギリッと奥歯を噛みしめて、息を吐き出す。この人に今さらなにを言ったところで、状況が変わることはない。これは、すべて決定事項だ。

鷹司家の当主は祖父である。私が持つ権限は、彼の半分もない。

「で？　いつからなんですかそれは」

きっちりとメモ帳を用意して横にいてくれた芙由子さんから、ペンとメモ帳を受け取った。

『ちぃっとばかし急なんじゃが、来週末から三日間じゃ』

「はあ⁉」

なんでも、押しつけようとしていた相手に急な仕事が舞い込んだそうで、とてもじゃないけど、のんびり勉強会には出られないとのこと。

祖父の名代《みょうだい》として行けと命令を下されれば、私は従わざるを得ない。それにしても、来週末⁉

どっと疲れを感じ、早々に電話を切ろうとしたところで――、思いがけないことを訊《き》かれた。

『そうじゃった、旭の様子はどうじゃ？　あの男は優秀であろう』

「ムカつくくらい頭も回るし気が利《き》くし、助かってるわよ？　いろいろと」

『そうかそうか。じゃがな、櫻子。興信所を使っても無駄じゃよ』

祖父の台詞《せりふ》に、思わず目を見開いた。

『こっそり調べようとしたみたいだが、わしの権限でやめさせたわ』

「は……、はあ⁉　ちょっとなに勝手な真似《まね》するの⁉　ってか依頼したのだって昼すぎよ。なんで全部筒抜けなのよ！」

『己《おのれ》の力で見極めんか。お前は常に前しか見ようとせぬ。もっと広い視野を持ち、両隣も後ろも、ときには上下も見渡さないと、旭にはかなわぬよ』

「この、狐狸妖怪《こりようかい》の親玉が……っ」

『ほぉほぉほぉ、光栄じゃ』

ほめてないわよ！

祖父ははっきり、私は早乙女にかなわないと断言した。あの男のほうが優秀な人間だと。

『なに、おぬしの意図は訊かぬよ。年寄りは娯楽が少ないが、まあよい報告を待ってるわい。楽しみにしておくぞよ』

言いたい放題言って、祖父は通話を切った。

いつも通り自分勝手すぎる。

「……少し、夕飯まで部屋で休むわ」

「かしこまりました」

精神的なダメージを一気に食らったから、せめて体力は回復させねば。

自室で興信所に連絡を入れれば、案の定祖父からの圧力で調査を中止したことを話してくれた。

あの人が相手なら、どうしようもないことでもある。

一言、「私のお願いは忘れて」とだけ伝えて、部屋着に着替えてからベッドにダイブした。

ああもう、今日も疲れた……

束の間、私は夢も見ずに暫《しばら》く意識を手放した。

＊

男の好みを把握するにはどうしたらいいのか。

——答えは簡単。全部相手に投げればいい。

すべて早乙女の好きなようにさせれば、おのずと見えてくるはずだ、彼の女性の好みが。

「今日の仕事は小早川に任せて、あなたは私のドレスを選んできてちょうだい」

「……ドレスとは、今週末に参加されるパーティーの、ですか」

「そうよ。家にあるのでいいかと思ったけれど、やはりそういうわけにはいかないわ。誰かさんたちが、折角届いたプレゼントも送り返してしまうし。外商を呼ぶより、いつも傍《そば》にいるあなたが選んだほうが確実でしょ」

今日は水曜日で、パーティーは土曜日。明後日までに一式揃えられれば、問題ない。

ドレスにショール、靴とアクセサリー。ああ、それにバッグもか。

予算は特に決めていない。好きに使っていいと言い、領収書をうち宛てでもらうように告げた。

普段から寡黙《かもく》で無表情の男が、渋面になる。

ふふ、悩んでいるわ。いきなりこんなことを言われて、戸惑っているのでしょうね。内心小悪魔のように、くすりと笑う。

「かしこまりました。では、社長の好みを教えていただけますか」

「いいえ、あなたが私に似合うと思うものを選んでこいと言ってるのよ。私の好みは、まあ派手すぎなければなんでもいいわ」

嫌でも目立つのはわかっているのに、さらに目立つ真似《まね》はしたくない。

「……念のため確認しますが、異性に衣服を贈られる意味を把握していますか？」

「え？　ステータスと見栄でしょ。美しく着飾った女を連れ歩きたいだけ。女もアクセサリーと同じよ。どうせ自分をよく見せるために大枚《たいまい》はたくんでしょう」

たびたび贈られてくる貢ぎ物に対して、私は下心しかないと考えている。

私の外見だけを好む男たちが、理想の淑女を自慢したいだけ。

ブランドもので全身を固めるのと同じだ。彼らの狙いは、いい女を連れているという優越感と、あとは〝鷹司家との親密さ〟。それを周囲に見せたいだけなのだから。

「……なるほど。やはりそうお思いでしたか」

ぼそりと呟《つぶや》かれた言葉に、首をひねった。

なんとなく呆《あき》れがまじった眼差《まなざ》しで見つめられている気がするんだけど、喧嘩《けんか》売ってるわけじゃないわよね？

「嫌なら小早川に頼むからいいわよ」

そう言えば、早乙女は「私が承《うけたまわ》ります」と即答した。

「なら、好きに選んでちょうだい。ただし私が着こなせるやつでね」

身長は日本人女性の平均よりやや高い百六十二センチほどだが、本音を言えばもう少しほしかった。その分をヒールの高い靴で補っている。

ポーカーフェイスの中に苦さをまぜつつも、早乙女は頷き、部屋から出て行った。すぐにドレス選びに向かったのだろう。

「さて、あの男の好みはどんなのかしらね？」

露出が大胆なドレスだったりして。あらやだ、実はムッツリすけべ？

内心ほくそ笑みながら、パーティー当日を迎えた。


見知った顔がちらほら見つかる大手製薬会社の創業祭。当然、遊びで来ているわけではない。人脈作りと情報収集がメイン目的だ。

どこにビジネスチャンスが転がっているかわからない。

しかし、ゴロゴロ転がるそのチャンスを拾おうとしている私の傍《そば》には、常にぴったりとボディガードがくっついていた。もちろん、早乙女だ。

「あなた、もう少し和《なご》やかな顔は作れないの？」

眉間の皺《しわ》に、仏頂面《ぶっちょうづら》のポーカーフェイス。精悍《せいかん》な美丈夫とたびたび評される男だが、煌《きら》びやかな場でこの顔はいただけない。

「私のことより、社長はもう少し警戒心をお持ちになったほうがよろしいかと」

ちらり、と横目で私を捉えた男は、なんだかため息を吐《つ》きたそうにしている。失礼な。

「なによ、あなたが選んだドレスでしょ。完璧に着こなしている私にそんなもの言いたげな視線をよこすなんて、いい度胸じゃない」

早乙女が選んだのは、シャンパンゴールド色が綺麗な足首までのドレス。素材は軽やかで、上品なデザインだ。胸元のレースが精緻《せいち》で美しく、そして膝までスリットが入っているので歩きやすい。

七センチのヒールを履いて、髪は華やかにアップスタイル。ショールがずり落ちないように気をつけながら、私はスタッフからドン・ペリニヨンのフルートグラスを受け取った。

「ありがとう」

微笑んでお礼を告げれば、僅《わず》かに頬を染めるまだ年若い給仕係。その反応から、私は今、完璧なレディに化けていると言えるだろう。

「なんだ、私が贈ったのは送り返すのに、彼が選んだやつならいいのかい？」

柔らかなテノールの声が背後からかけられて、振り返る。

本日の主役のひとり、鷺沼製薬の専務だ。からかいを含んだ声音ですぐにわかった。

「ご無沙汰《ぶさた》しております、雅人《まさと》様。本日はよき日を迎えられたこと、お祝い申し上げます。鷺沼様のますますのご活躍をお祈りいたしますわ」

品よく口角を上げて相手を見つめれば、声をかけた男は柔らかく笑い返した。

「ありがとう、来てくれて嬉しいよ」

「創業祭が東京湾のクルージングだなんて、ロマンティックですわね」

「生憎《あいにく》、愛を一緒に語り合ってくれる人がいないんだけどね。どうやら僕は振られてしまったようだ」

冗談なのかわからない言葉に振り回されはしない。にっこり社交的な笑みで、このどこか軽いのにくせがある男を流した。

三十代後半の、恐らく早乙女より年上の彼は、祖父を介して何度か会ったことがある。その頃から、人当たりのいい笑顔を見せてはいるが、相当なひねくれ者だと思っていた。その見解は正しいと確信している。

私に宛てたプレゼントも、裏があるに違いない。

すっと鷺沼専務が早乙女に目を向けた。くせ毛の髪が、海風になびく。ちなみにここは、会場内から外に続くデッキの上だ。

「お姫様《プリンセス》のドレスは騎士《ナイト》の見立てなんだってね？　よく似合ってるよ、そのドレス。彼女が現れるだけで、ここに来ている男性陣の視線が釘づけだ」

騎士とは早乙女のことだろう。恥ずかしい呼び名をするのも嫌がらせかしら？

なんて思っている傍《そば》で、失礼にならない程度の最低限の言葉しか交《か》わさない早乙女は、あくまでも付き添いの秘書として振る舞っている。

「害虫駆除が大変だね？」

ぴくりと微《かす》かに早乙女の眉が反応した、ように見えた。はた目からじゃ気づかれないほど僅《わず》かだけど。

ものを言いたげな視線を私によこす早乙女と、くすくす笑う鷺沼専務。

「君は相変わらず女王様《クィーン》の皮を被ったお姫様だ。さ、お手をどうぞ。そろそろ風が冷たくなってきたからね、中へ戻ろう。美しいお嬢様のエスコートを少しの間変わってもらうよ」

「……承知しました」

何故か勝手にエスコート役が変わってしまった。主役と仲睦《なかむつ》まじく歩くなんて、よからぬ噂が流れそうで面倒だけど、仕方がない。これも仕事だ。

「早乙女、すぐに戻るから近くにいなさいね」

頷き返したのを見て、私と専務は賑《にぎ》わうパーティー会場へと戻った。

慎《つつ》ましやかに微笑んだまま、隣を歩く背の高い男を見上げる。

「いい趣味してますね、相変わらず」

「なんのことかな？」

「うちの秘書、あまりからかわないでくださいね。あなたが私を気に掛けるフリをするの、彼の反応が楽しいからでしょう」

「君は頭はいいのに肝心なところがわかってないよね。もう少し観察眼を養ったほうがいいよ」

「はい？」

なんか今バカにされなかった⁉

これ以上振り回されるのはごめんだ。

専務に群がる人が増えたと同時に、そっと輪の中から抜け出した。

第三章　Lunar Eclipse　――月食――

祖父からの急な命令でニューヨークへ旅立つ日がやってきた。といっても日程は一週間もないので、すぐに帰国する。

今はサマータイム中なので、日本との時差は十三時間。体力を考えて、土曜日に出発だ。そしたら現地の土曜日に到着する。

日曜日の夜はカンファレンス参加者との晩餐会《ばんさんかい》。これを逃すわけにはいかない。

「じゃあ行ってくるわ」

「お気をつけていってらっしゃいませ」

荷造りを手伝ってくれた使用人たちと挨拶《あいさつ》をかわして、車に乗り込んだ。

安全性を重要視した黒の外車の後ろには、これまた同じく黒いセダンがついてくる。移動中の、私の護衛だ。

私はすっかり慣れているので、近くに護衛がいても空気と同然だけど、一般の人はそうではないだろう。ひとりで出歩けないというのは、ストレスになる。でも、何故か、国内で早乙女が一緒のときは、祖父は護衛は必要ないと彼らに伝えていた。

あいつが護衛役もできるからか。どんだけ万能人間なの。

「お嬢様、早乙女さんとはどちらで待ち合わせをしているのですか？」

「ああ、空港のラウンジよ。だから会社に寄らなくて大丈夫」

運転手の喜多嶋さんにそう告げる。車はさほど渋滞に巻き込まれることなく、成田空港に到着した。

喜多嶋さんにトランクから荷物を出してもらっていると、すかさず航空会社のスタッフが姿を現す。

あれよあれよという間にチェックインが完了。

セキュリティを通過後、航空会社のファーストクラスラウンジへ案内された。

「なにかございましたらお声をおかけください」

「ありがとうございました」

ベテランのスタッフにお礼を告げて、目当ての人物を探した。少し歩けば、すぐに見つかる。

「相変わらず黙って座っているだけで、妙な威圧感のある男ね」

思わず呟《つぶや》いてしまった。

長時間飛行機に乗るんだから、疲れないラフな格好でね。スーツなんか着るんじゃないわよ、と言ったのが昨日のこと。

ネクタイこそ締めていないが、堅苦しさは消えていない。ネイビーのコットンシャツにジーンズと、カジュアルな服装なのだが、何故か普通のサラリーマンには見えない。

ますます彼の素性が気になる。

この出張でまだ踏み込んでいない領域を暴《あば》いてやるわ。

そして最大の目標は、我ながら大胆だが、彼と寝ることだ。

秋穂に相談して、勝負下着もバッチリよ。

小悪魔系の赤、清楚《せいそ》系の白、癒《い》やし系のパステルカラーに、妖艶《ようえん》系の黒と紫。

彼の好みがわからないから、余分に持ってくる羽目になった。おかげで荷物が予想外に多くなったけど、私は自分のスーツケースには空港に着いてからも指一本触れていない。

「早乙女」

「社長」

立ち上がった彼は、私をラウンジのソファに座らせると、コーヒーを持ってきてくれた。なんとも甲斐甲斐《かいがい》しくて、マメである。

「飲み物くらい自分で行くから、あなたもゆっくりしてなさい」

「いえ、そういうわけには。社長の世話も私の務めですので」

「……」

もはや秘書の仕事がどこまでの範囲を指すのか、私にもわからなくなってきた。

私の常識が偏《かたよ》りそうだ。

ファーストクラスで快適な空の旅を送り、アメリカ東海岸時間の十八時すぎにＪＦＫ――ジョン・Ｆ・ケネディ国際空港――に到着。

半日強のフライトは長いし退屈、と呑気なことを言えるほど、私は図太い神経をしていない。一応、仕事で向かうわけなので、予備知識をインプットする必要がある。

なにせ急なことだ。私の情報は十分ではない。だからといって、各専門分野の第一線で活躍する人が集まるとなれば、紹介されたその人物が何者かわからない、では困る。

同じような集まりによく顔を出しているという参加者をリストアップして、彼らについて入念に下調べをする。その上で、聞きだしたい情報や今後の事業の発展に繋がる人物をさらに精査する。有益な人脈をこの会議で築くために。

乗り物酔いしない体質でよかったわ。一、二時間ほど仮眠はとったけど、恐らくほとんど起きていたんじゃないかしら。

現地での警護班と合流し、ホテルへ向かった。

「海外行くたびに護衛係を待機させるって、逆に目立つんじゃないの？」

数名が乗れるＳＵＶ車は、もちろん防弾ガラス仕様だ。車のボディも、一般車とは材質が違う。

「ここは日本と違いますから。市民も拳銃を持ち歩ける国です。この一年で乱射事件の悲劇がいったい何度起きたか。社長のほうがよくおわかりかと思いますが」

「五年前まで住んでたからわかってるわよ。でもだからこそ、大げさだと思うけど。知らない土地じゃないんだし」

「慣れが隙《すき》を生み、油断を作るのです。想定外のことが起きないよう、大人しく守られてください」

それっきり黙り込んだ秘書に、これ以上とやかく言っても仕方がない。

ごつい外国人——いや、私たちのほうが外国人か——とともに車内に乗り込み、ホテルへ到着したのは二十時に近かった。

セキュリティが万全なホテルだからと夜間護衛は断り、早乙女とチェックインをすませる。

このホテル、日本での知名度はあまりないのだが、実は知る人ぞ知る、リピーターの多いラグジュアリーなホテルだ。

マンハッタンのセントラルパークに近くて、立地条件も抜群。ヴィクトリアンな内装は重厚感に溢《あふ》れ、シャンデリアや扉ひとつとっても精緻《せいち》なデザインが美しい。クラシカルな雰囲気が満載の、歴史あるホテルだ。

案内されたのはキングスイートルーム。早乙女は、すぐ隣のキングルームをとったらしい。

チッ、今思えば部屋はひとつにしておけばよかったわ……。既成事実を作りやすいように。

なんて、早乙女が部屋も予約したわけだから、そんなことは間違ってもできないけれど。

「さて、着替えてご飯食べに行きますか」

荷物だけ置いて、ホテル内にあるレストランに行くことになっている。

キングスイートには簡易キッチンとバーカウンターがついているので、食材さえあれば自炊も可能だ。

「インスタントのお味噌汁《みそしる》とか、ちょっとしたのは持ってきてるし。朝ごはん代わりにもなるかも」

自宅にいたらインスタントなんて食べないけれど。シェフが泣くから。

でもこういうときは別だ。有機野菜と味噌に拘《こだわ》ったそれは、芙由子さんのオススメ。私も、少し楽しみにしている。

時間通りに早乙女が部屋の扉をノックし、ふたりでレストランへ足を運ぶ。

二十階建てのホテルの十五階がレストランだ。暗くなれば夜景が綺麗に見える。

「遅めのディナータイムだけど、機内で食べてばっかりだったから、あまりお腹減ってないのよね」

「サラダやスープなど、軽めのものにしましょうか？」

「そうねぇ。早乙女は？　お腹減ってる？」

「それほどでも」

ウェイターから受け取ったメニューを眺めて、とりあえず前菜を頼むことにした。

時間通りに食べたほうが、時差ボケは解消されやすい。

赤ワインをグラスで二人分注文し、とりあえず乾杯する。

香り豊かで芳醇《ほうじゅん》な味わいがとてもおいしい。ワインとチーズにプロシュートだけで、十分ディナーを満喫できそうだ。

ちらりと目線をあげれば、視界に飛び込んできたのは、向かいに座る男の喉仏が上下する瞬間。

彼はなんていうか、ストイックで禁欲的な色香があるのよね……

今までそんな目で見たことなかったけれど、彼を狙う立場になってから思う。

この男の有能さを知らなくても、駄々漏れてるフェロモンにあてられた雌《めす》が惹《ひ》きつけられるのも無理ないわー、と。

　未だにすれ違う女子社員が振り返って二度見、なんてザラだし。

　まあ、おモテになってウラヤマシイ（棒読み）。

「パーティーや会食以外であなたとお酒を飲むなんて、久々ね。というか、もしかしてはじめて？」

　五年の付き合いになるというのに、仕事以外の会話をしたのも、ここ最近な気がする。

　どんだけ興味がなかったの、私。

「そうですね、社長と飲むのも雑談するのも、今までありませんでしたね」

　耳に心地いいバリトンで紡《つむ》がれた台詞《せりふ》に、思わず眉間に皺《しわ》が寄る。

　社員同士のコミュニケーションをもっと積極的にとらせるために、役員専用の食堂を居心地のいいラウンジにしたり、食堂を改善したくせに――

　肝心の自分が、一番身近な部下とコミュニケーションを取らずにいたなんて。

「思えばあなたとはそれなりに付き合いが長いのに、まったくと言っていいほどお互いのことを知らないわね」

　向こうも同じかはわからないが。祖父経由で、私の情報は全部漏れているかもしれない。

　グリーンサラダにカラマリ、シュリンプカクテルがテーブルに並べられた。グラスに水を注《つ》いでもらい、一口飲んだ。

　考えること数秒。トン、とシミひとつないテーブルクロスにグラスを置き、早乙女をじっと見つめる。

「ここには仕事の一環で来ているけれど、厳密に言えば取引先の訪問でもないし、仕事の要素はないとも言えるわ。だからあなたも、ニューヨークに滞在中はもっと楽にして。執事まがいに振る舞わなくていいし、人目がないところでは社長と呼ぶのも禁止よ」

軽く目を瞠《みは》る男に視線で「命令」を下すと、早乙女は黙り込んだ。

「……私にとって、社長は社長ですが」

「社長は役職であって私の名前じゃないわ」

「ではなんとお呼びすれば？」

ふむ、と手をあごに添える。そこまで考えていなかった。

「そうね……、鷹司じゃ祖父と同じだし、下の名前でいいわよ」

「ご遠慮します」

そう言われると、強要させたくなるから不思議だ。

「そう、じゃあ可愛い園児たちみたいに、〝さくらちゃん〟って呼ばせようかしら？」

ニヤリと笑い、サクサクのカラマリを食べる。薄味の塩気と、さっくりした衣《ころも》がおいしい。

早乙女を見れば、ふふ、無表情のポーカーフェイスだけど、困ってるわ。

気分がよくなって、もう一杯ワインを頼んだ。揚げたイカには白ワインのほうが合いそう。

「ほら、リピートアフターミー？　さ　く　ら　ちゃん」

「………………」

あ、眉間に皺が！

なんだか年上の部下をからかうのが楽しくなり、けらけら笑ってしまう。

これはちょっとだけ、鷺沼専務の気持ちがわかるわ。

「お戯《たわむ》れがすぎますよ、社長。もう酔ってるんですか？」

「ワイングラス一杯程度で酔うはずないでしょ。っていうか、今ダメって言ったのに呼んだわね。次また言ったら罰ゲームさせるわよ」

苗字で呼ばれるのも役職名で呼ばれるのも、慣れていないというか、違和感が残る。だからと言って、副社長の鷲尾みたく、「お嬢様」と呼ばれるのは、腹立たしい。

苦渋の決断を迫られたような顔で思い悩む早乙女は、小さく嘆息した。

「……櫻子さま、でご勘弁ください」

「え〜普通すぎてつまらないわ」

けれど、これ以上虐《いじ》めるのも可哀そうなので、「いいわよ」と最終的には了承した。

流石《さすが》にパワハラと思われたら困る。

前菜を数種類食べ終わり、食後のコーヒーを飲んだところで、今夜はゆっくり休むことにした。

✻

九月のこの日曜日は、世界的にも特別な日だった。

この日はＮＡＳＡが公表していたように、スーパームーンが見られる。スーパームーンとは、楕円形の月の軌道が地球に最接近した満月あるいは新月のことだ。またここニューヨークでは、皆既《かいき》月食《げっしょく》が見られる日でもあり、スーパームーンと重なるのは三十三年ぶりなんだとか。

それは、カンファレンス参加者が集《つど》った晩餐会《ばんさんかい》でも話題になった。各分野で集まる人の中には、学者や研究者も多い。

『Total Lunar Eclipse（皆既月食）は別名、ブラッドムーンとも呼ばれているね。月が赤く光って見えるのさ。こんな特別な日にこの地にいられたのは、運がいい。次にこの現象がこの地で見えるのは、十八年後だなんて知ると、特にね。赤い月は不吉だと言われていたけれど、なんだかとても神秘的じゃないか？　きっと美しく私たちの頭上を照らしてくれるよ』

と、大学教授をしているアメリカ人男性に囁《ささや》かれる。茶目っ気のあるこの人の話は面白く、多分学生に人気の教授なのだろう。

楽しくかつ有意義だった立食式の社交の場は夜の九時にはお開きになり、早々に全員ホテルへ戻った。

もちろん、皆既月食で真っ赤に光るブラッドムーンを観察するために。

「早乙女、一緒に見ましょう。一時間後、部屋に来るように」

あえて返事も聞かずにお嬢様特有の傲慢《ごうまん》さで決めて、部屋に入った。さて、これから忙しくなるわ。

「速攻でシャワー浴びて、メイクして、勝負下着選んで、着替えないと」

なんのために？　もちろん、これから彼を襲うためにだ。

『本当に実行するのか！』なんて突っ込みが日本から飛んできそうだが、私は有言実行《ゆうげんじっこう》の女。やると決めたらやってみせる。……成功するかはわからないけど。

「月が赤いなら、下着は黒のほうがいいかしら？　同じ赤っていうのも、芸がない感じよね」

一応自分のスタイルには自信がある。プロポーションに不満はなく、バランスがとれているほうだと思う。

ただ、早乙女がグラマーな女性が好みなら、胸は少々足りないかもしれない。

「服はシンプルなワンピースでいいわよね。Vネックで、デコルテが綺麗に見えるやつ」

余計な装飾はいらない。形重視で、脱ぎやすさも重要。

背中がファスナーでストンと脱げるタイプだ。また、ガーターベルトとストッキングもこの日のために新調した。

身支度して、メイクは大人の魅力溢《あふ》れる感じで、濃いめにする。

最後にダイヤのオシャレ可愛いネックレスを。縦に三つ連なっていて、胸の谷間に落ちそうなこれは、自分で言うのもあれだけど、ちょっとエロイ。

「お酒の準備と水と、……あとは念書かしら。鞄のファイルに入ったままだったっけ」

荷物を引っ張り出してファイルを探す。

取り出したのは、念のために作っておいた誓約書だ。

肉体関係を迫ったのはこっちでも、合意のもとで行われ、双方納得していること。また、妊娠しても責任追及はしないことを記載したものだ。

男にとってはありがたいんじゃないかしら。

〝妊娠したから結婚して！〟と迫る女性がいる中で、妊娠しても迫らないと宣言しているんだから。

「ってそれが狙いだからなんだけど」

もう一枚には契約書。定期的に私と肉体関係を持つことを謳《うた》っている。

もし相手が見返りを望んだ場合、鷹司のバックアップのもと協力する旨までしたためた。

ちょっと眉をひそめられそうだけど、金銭のやり取りも正当な報酬だと思う。

「まあ、ケースバイケースで使いましょう。どっちも今後のための保険だから、今夜を乗り切った後に考えても問題ないわよね」

正直、いくら酔わせたからって、非力な私が早乙女に力で勝てるとは思えない。男の自由を奪わない限り、女が上に乗ってことに至るなんて無理だし、そもそもはじめての私にはハードルが高すぎる。

仕事を遂行するように今夜のことは準備を進めていたけれど、ふと我に返ると緊張感がわき上がってきた。

ダメよ、立ち止まっちゃ。恥ずかしくなっちゃうから！

「と、とにかく！　早乙女が私の色香にあてられて、流されてくれるのが一番だわ」

さっきまでは平常心だったのに、急に羞恥心《しゅうちしん》が生まれた。脈が速い。鏡の中の自分の目は、緊張と不安で揺れている。頬もうっすらと色づいていた。

こんなの、いつもの私らしくない。でも……今回ばかりは仕方ない。

覚悟を決めたはずなのに、心臓がうるさく主張する。私は鼓動を落ち着かせるために、冷たいミネラルウォーターをグラスに注《つ》いで、喉を潤《うるお》した。

ぴったり時間通りにノック音が響く。

高層ホテルの窓からは、普段より大きな満月が摩天楼《まてんろう》を照らしていた。

「いらっしゃい、早乙女。さ、入って。そろそろ月食がスタートするわ」

内心のドキドキを綺麗に隠して、堂々と早乙女を招き入れる。

彼の部屋の窓からは、方角的に月が見えない。なんていう偶然かしらと、気づいたときは笑いが零《こぼ》れた。

恋の女神は私に微笑んでいるらしい。別に早乙女に恋心を抱いているわけではないけれど。

「櫻子さま、無防備に異性を部屋に招き入れるべきでは――」

「あら、早乙女は私の秘書でしょ。それともなぁに？　私に手を出したくなる？」

「……」

「ふふ、冗談よ。ほら、早く入ってちょうだい」

ぐっと押し黙った男の腕を引っ張って、再度中に入れと促《うなが》す。

ため息を吐《つ》きつつも、彼は渋々リビングスペースへ向かった。

どうせ寝室とリビングがわかれているスイートルームだから、問題は起こらないと思ったのでしょう。

でも、甘いわね。私があなたに手を出すんだから、このテリトリーに入った時点で私に捕獲されたも同然よ。貞操《ていそう》の心配をすべきなのは自分のほうだと気づいたときは、手遅れだわ。

——なんて。本当に処女らしからぬ発想に、内心苦笑が漏れた。

私は女優、この部屋は舞台。

そう思い込みながら、異性に慣れた女を演じる。

「今夜のスーパームーンは、十四パーセントも大きく見えるんですって」

そして明るさも三十パーセント増しだそう。

大きくて禍々《まがまが》しい血の月が、今宵《こよい》の舞台の立会人で、観客だ。

私が無事彼を誘惑できるよう、見守ってもらいましょう。

バーカウンターに並べてあるグラスに手を伸ばせば、「私が代わります」と早乙女が近づいてきた。

彼が冷蔵庫から出したお酒を、私が部屋にあったボトルクーラーの中に移動させた。クラッシュアイスの入ったそれに、シャンパンとワインボトルを入れる。これで、いつでも冷えたのが飲める。

キッチンとバーカウンターつきのスイートルームには、一通り必要な食器やツールが置いてある。

危なげなく器用にコルクを抜いて、シャンパンをグラスに注《そそ》ぐ姿は、ベテランのソムリエみたいだ。思わずその手際のよさをじっと観察してしまう。

すると、さっとフルートグラスを手渡された。

「ありがとう」

「どういたしまして」

彼は未だに自分がなんで呼ばれているのかわかっていない顔だ。お嬢様の暇つぶしにつき合わされているとでも思っているのか。なにかひとりで納得して、諦めているらしい。

「おいしそうね。乾杯しましょう？」

こくりと一口飲む。フルーティーな味わいが広がった。

「甘すぎず飲みやすいわね」

流石《さすが》老舗《しにせ》高級ホテル。このシャンパンは、昨日ウェルカムシャンパンとして置いてあったものだ。昨日は飲まずに冷蔵庫にいれておいて正解だったわ。ひとりで飲むのは贅沢《ぜいたく》だけど、味気ないもの。

広々とした室内は、私の目から見ても品があって、それでいて豪華だ。ヨーロッパのクラシカルな雰囲気が漂《ただよ》う内装は、白ベースにポイントが金色になった壁紙。そしてシックな家具はこげ茶色で統一されている。

シャンパンとともに真っ白な薔薇《ばら》がテーブルを彩《いろど》り、華やかだ。

三人掛けのソファは、ちょうど窓の前に置いてある。防犯のためバルコニーはないし、窓も開かないけれど、カーテンを開ければ、月を眺めるにはベストポジションだ。

ホテルのスタッフに頼んで、家具の配置を変えてもらってよかった。

日本でも名の知られているチョコレートを一箱、酒のつまみにと出せば、早乙女は丁重に断った。

「あら、甘いものは嫌い？　じゃあなにになら好きなの」

つやつやにコーティングされたダークチョコレートを、ひとつつまむ。とろりと甘いリキュールの味が、舌の上に広がった。

口の中でゆっくりとチョコレートを転がし、味わう。しかめっ面で困惑中の早乙女を見上げながら。

「好き嫌いは特にありません」

「そう。じゃあおひとつどうぞ？」

一粒つまみ、早乙女の唇に押し当てた。軽く目を瞠《みは》った男に微笑んで、口の隙間にくいっと押し込む。

普段は絶対にしない、自分の大胆な行動に赤面しそうだけど、我慢よ我慢。

このくらいで動揺してどうするの。

「なにをされ……」

彼の抗議は、シャンパンのグラスをぐいっと呷《あお》った私が、強引に早乙女の唇を塞いだことで途切れた。

女は度胸。私は女優。

キスだってそう、恥ずかしくない。

「……っ！」

間合いを詰めて、彼の顔を両手で固定したまま、驚きで薄く開いていた口にシャンパンを流し込む。息を呑んだ男は、硬直して微動だにしない。

月を楽しむために照明を薄く落とした部屋で、私は自分の秘書の唇を同意もなく奪っていた。

――ごくり。

喉仏が上下に動き、辛口のシャンパンが嚥下《えんげ》された気配を感じる。

これでチョコの甘さが、少しは中和されただろう。

自分の鼓動の速さは無視して、呆然としている早乙女に一言。

「おいしかった？　チョコとシャンパンは」

「……あなたは、なにを……」

早乙女が骨ばった片手で口許《くちもと》を覆う。その様子に調子をよくした私は、マスカラで完璧にコーティングされた長い睫毛《まつげ》を、ばさりと瞬《またた》かせた。

動かないのをいいことに、彼を女豹《めひょう》のように追い詰める。早乙女の手からグラスを抜き取り、ことりと目の前のコーヒーテーブルへ移した。我ながら大胆だ。少々震えている手には気づかれていないはず。

「喜びなさい、私のファーストキスを捧《ささ》げたんだから。光栄でしょ？」

「は……？」

知識と経験が豊富で年齢不詳に見える謎な男も、こうして呆然としていると可愛らしい。

覚悟を決めて、女王様になりきることにした。

私は有言実行《ゆうげんじっこう》の女。やると決めたからには理想の結果を求めて行動あるのみ。

彼の膝に横向きで乗り上げ、片手ですっと頬を撫でた。

髭《ひげ》は剃《そ》っているが、ざらりとした肌の感触に、余計彼が男なんだと意識する。

キスなんて、これからすることの入り口にすぎない。

でも思った以上に弾力のある彼の唇の感触が、いつまでも生々しく残っていた。

「冗談がすぎます」

「なにが？　私がファーストキスだと言ったこと？　嘘じゃないわ、事実よ」

真面目《まじめ》な早乙女は、ここまでされているのに私に触れてもいいものか、躊躇《ためら》っているらしい。肩を押し返しそうになっては、拳《こぶし》をぐっと握りしめて結局動けずにいた。

「てっきり祖父から私の情報はいろいろ筒抜けだと思っていたけれど、全部じゃないみたいね。私の身体はまだ清いままよ。昔から変態に狙われてきたけど、唇と貞操《ていそう》は死守してきたの」

過去の異性問題を告げた途端、早乙女の表情が硬くなった。色恋沙汰のトラブルに巻き込まれやすかった話は、聞いているようだ。

だが彼が言った〝冗談〟とは、ファーストキスうんぬんについてではなかったらしい。

「あなたの過去の話は追々聞かせてもらいますが、今はこの状況について説明してください。何故、櫻子さまが私の膝に乗っているのでしょう。あまつさえ、まるで誘惑するような行動を」

「それは当然、誘惑しているからよ？」

赤いルージュで染めた唇の口角をあげて、くすりと笑う。自分にフェロモンや色気があるのか、また自在に操《あやつ》れるのかはわからない。でも意識して色香溢《あふ》れる妖艶《ようえん》な美女を演じれば、それっぽくは見えるかもしれない。

素面《しらふ》じゃ到底できない行動だけど、今はこの雰囲気に酔っている。

「もうお酒はやめましょう。さ、チョコレートでも食べて今夜は寝てください」

「それ、チョコレートが媚薬《びやく》だとわかって言ってるの？」

「チョコレートに含まれる恋愛化学物質――フェネチルアミンを摂取《せっしゅ》しても、媚薬効果はないと科学的に証明されています」

「そのなんでも知ってる脳が心底羨《うらや》ましいし、憎らしいわね。なら、試してみる？」

「は……」

「嫌なら力ずくで抵抗しなさい」

どこの悪役だと思われそうな発言をかまし、チョコレートを一粒つかむ。そして自分の口に放り込んで、再び強引に彼に口づけた。

舌で彼の唇をなぞると、苦くて甘いチョコが付着する。

しかし強情にも唇は硬く閉ざされたままで、開く気配がない。

チョコを舌の上で転がしながら、じと目で睨《にら》んだ。

「口開けないと、媚薬の口移しができないじゃないの」

「……もう気がすんだでしょう。お戯《たわむ》れがすぎます。今ならなかったことに……、っ！」

隙《すき》を見て、再挑戦。本やネットで調べたキスの知識を駆使して、早乙女の口腔《こうこう》内を暴《あば》く。

ここで彼に、ぐっと肩をつかまれた。引っぺがすつもりね。

そうはいかないわ。ここまで来たら、私も後戻りはできないもの。恥ずかしくてどうしようもないけれど、今は目の前の男に集中しなければ。

両腕を早乙女の首に回し、身体を密着させる。胸が彼の胸板に押しつぶされた。

首も太いし肩幅もある。胸筋や上腕二頭筋が凄《すご》い。今時流行《はや》りの細マッチョなんか、比じゃないくらい。格闘家に近い鍛《きた》え上げられたボディは、逞《たくま》しくて包容力を感じさせた。

「ふっ……ん」

私の口から、鼻にかかった声が漏れる。大人しく受け身になっている早乙女の舌を引きずり出して、追っては絡めて、吸った。

経験値がないからディープキスがどういうものか、自信ないけど。チョコの味が唾液で薄まり、なくなるまでこの行為を続けなければ。

無理矢理抱き着き唇を重ねる私を、早乙女はどう思っているのやら。

抵抗すれば簡単に解けるのに、それをしないのは上司と部下だから？

もしくは私が傷つくと思って、力ずくで押し返すことができないのか。

息が苦しくなり、ゆっくりと唇を離した。

なんだか一気に酔いが回った気がする。

お酒はほとんど飲んでいないのに、不思議な酩酊感《めいていかん》にくらくらしそう。

「抵抗、しないのね。こんなのキスのうちに入らない？」

私だって経験をつめば、すぐに上達すると思う……たぶん。

でも未経験者の精一杯のキスなんて、拙《つたな》すぎて子供と同じかもしれない。

不意に不安になって濡れた瞳で彼の黒い双眸《そうぼう》を覗き込めば、その奥には情欲を秘めた炎があった。

「早乙、んんっ！」

身体がぐいっと引き寄せられ、腰に腕が回されたと思えば、今度は私の唇が、荒々しく彼のものに呑み込まれた。

「え、あ……ンッ」

一瞬混乱したが、すぐに気を取り直す。先ほどまで受け身だったくせに、なにこの変わりようは。

まるで本当のキスがなんなのか教えられているみたい。

なんだかとっても……悔しい。

「んん……ぁ」

卑猥《ひわい》な唾液音が鼓膜を犯し、下腹部を中心に熱がこもる。

腰に回された腕が逞《たくま》しい。

手で背中を撫でられる感触に、肌が粟立《あわだ》った。

脳髄《のうずい》が蕩《とろ》けそうなキスを初心者にするなんて、この男の恋愛遍歴を垣間見た気がする。

「男をからかうと酷い目に遭うと、これでわかったでしょう」

私の口腔《こうこう》内を貪《むさぼ》りつくした早乙女が、掠《かす》れたバリトンで囁《ささや》いた。

「……からかってなんかいないわ。だって私、あなたがほしいもの」

上半身を密着させたまま、一世一代の恋の駆け引きをスタートさせた。

彼の目の奥で燻《くすぶ》る炎は怪しく煌《きら》めき、欲情を隠しきれていない。

そんな彼をとろりとした目で見上げて、微笑みかける。

「早乙女」

耳を犯す毒のように、甘い芳香を漂《ただよ》わせる花のように――

私以外を考えられなくさせるような、精一杯淫《みだ》らな声を意識して、彼の名前を囁く。

「チョコでもシャンパンでもなく――私に溺れて、私に酔って？」

「っ……、櫻子さ、ま」

唇を寄せて、喉仏へ口づける。

チュッ、というリップ音の直後、早乙女が息を呑んだ。

そのまま唇を移動させて、首筋に甘く歯を立てる。急所を狙える位置に私がいると、意識させるために。

気恥ずかしさをなんとか押しとどめ、雌《めす》としての本能に従う。

まるで獣《けもの》の発情期だわ。サバンナのライオンは、セックスのとき雄《おす》が雌の首を噛むらしい。今のこれは、立場が逆だけど。

欲情しているのは私だけではない。先ほどから密着している身体に当たるのは、彼の分身。その直接的な男性の欲望に緊張するが、同時にこの誘惑が成功しているとわかって嬉しくなる。

もっと私を求めさせたい。

「あなたがほしいの」

「――――ッ！」

そう告げた途端、身体がぐいっと抱き上げられた。

危なげなくお姫様抱っこをした彼は、私を真っ直ぐ寝室に連れて行く。

扉一枚を突破し、部屋の中央に現れるのは存在感のあるキングサイズのベッド。高い天井の上からはシャンデリアがぶら下がり、窓にはブロンズ色のカーテンがかかっている。

ラブソファは年代物のダークブラウンのベルベットで、全体的にシックで品のある調度品だ。

私はそっと、白で統一されたベッドカバーの上に下ろされた。

見上げた男の顔からは、衝動に駆られて連れてきてしまったことに対する僅《わず》かな迷いが読みとれる。

そんな迷いなんて、すぐに吹き飛ばしてしまえばいい——

ドキドキと激しくなる私の鼓動に、嫌悪《けんお》は含まれていない。純粋な好奇心と彼への好意、そして少しの躊躇《ためら》い。未知なる世界への高揚感も入っているかしら。

だけどそれらの感情を隠して、私は自分の上に覆い被さる男をじっと見つめた。

至近距離で眺める早乙女の顔は、男らしく精悍《せいかん》で、それでいて端整で、とても私好みだった。

「困ったわがままなお嬢様だ、とでも思ってる?」

「ええ、本当に。いくら予防線を張ってもことごとく突破する。あなたは私をなんだと思っているのでしょうか」

「早乙女旭。優秀で謎に満ちた私の秘書。私はあなたの謎を解き明かしたくてたまらないの。そしてあなたの理性も、崩れちゃえばいいいわ」

「人の気も知らないで、好き放題言ってくれますね……」

「知らないわ。私はなんにも、あなたについて知らない。かろうじて知っているのは、先日教えてくれた恋人はいないってこと。想い合う相手がいないなら、大人しく私に食べられて？」

起き上がった私は、黒いワンピースのジッパーを下ろす。少しでも指が震えていなければいい。

ぱさり、と広いベッドの端に落とし、下着姿を彼に晒《さら》した。

サラサラな黒髪が、素肌を撫でる。

肌色のストッキングはガーターベルトで留められており、黒いレースのブラジャーとショーツは、オーダーメイドのもの。

下着はすべて、サイズを計って作っている。その店のオーナーも、私の長年の友人だ。

胸元を飾る三粒のダイヤのネックレスが、きらりと光った。谷間に吸い込まれるように、ダイヤが揺れる。

もう腹は括《くく》れたのか、抵抗も逃亡もする気配がない早乙女の肩を、どさりと後ろに押し倒した。

獲物を狙う女豹《めひょう》のように、この身を彼の前にさらけ出す。

「櫻子さま」

「観念して、私にあなたの全部をよこしなさい」

黒蜜のように流れる髪が、早乙女の頬にもかかる。お腹の上に跨《また》がり、私は今夜何度目になるかわからないキスを、自分から与えた。

途端、勢いよく抱きしめられる。身体が支えられなくなり、完全に彼の上にのしかかってしまう。

その状態で、噛みつくようなキスに襲われた。

「んんッ……！」

両手を早乙女の胸に置いて、貪《むさぼ》られる。

歯列を割られ上顎《うわあご》を舐められて、翻弄《ほんろう》される。身体の内側で燻《くすぶ》るなにかが熱い。

さっきまで私が優位のはずだったのに、今や主導権は確実に彼に握られていた。

ぞわぞわとした痺《しび》れが背筋を駆けたその瞬間、背中に回った彼の手が胸の締めつけを外した。

パチン。

「っ！」

背中から腰にかけて、大きく骨ばった手で撫でられる。かさついた男性の掌《てのひら》が、ぞわぞわした感触に拍車をかけた。

彼が私の肌を堪能《たんのう》しているのがわかる。肩の丸み、肩甲骨《けんこうこつ》のくぼみ、背骨から腰のくびれ。

輪郭をなぞるように、手つきはゆっくりと流れていく。でもキスは性急だ。

官能を引きずり出されそう。肝心なところを触られていなくても身体が疼《うず》いてくる。

「あ……待って、ネックレス邪魔？」

ベッドに手をついて上半身を起き上がらせると、ブラがずれた。

片側の肩ひもがするりと落ちて、胸のふくらみが露《あら》わになる。早乙女の瞳に宿る情欲の色が濃くなった。

あまり身体にコンプレックスを抱いていない私は、羞恥心《しゅうちしん》というものが人より少ない。エステに行って身体を見られても、そこまで恥ずかしいという気にはならないのだ。もちろん、相手が同性というのもあるだろうが。

でも、さすがに異性に胸を直視されたら隠したい衝動に駆られる。

「私に外させてください」

彼の上から退けば、早乙女も起き上がる。彼に後ろを向かされた。

ブラが腕にぶら下がっていたので、早乙女がネックレスを外してくれる間に抜き取った。

途端、心もとない気持ちになる。

「外れましたよ」

首から小さな重みが消えた。首筋に触れられていたくすぐったさも。

ベッド脇のナイトテーブルにネックレスが置かれて、いよいよ本番かと内心緊張が走った直後——

背後から早乙女が私を抱きすくめた。

「え、あん……、ちょっ」

ギュッと両腕を回した彼が、露わになったうなじに舌を這《は》わせた。

ざらりとした舌の感触が生々しくて、びくっと身体がすくむ。早乙女が直《じか》に触れてくる肌が熱い。

甘い刺激に背筋が震えた。

「ひゃあ!」

耳たぶにまで舌が這わされたかと思えば、口に含まれた。反射的に変な声が出てしまい、耳も人間の性感帯なのを思い出す。

「やっ……ちょ、そこは舐めちゃ……」

首を傾けさせられて、耳の穴まで舌で犯される。卑猥《ひわい》な水音が淫靡《いんび》に響く。

お腹周りにあった手が胸まで移動し、背後からすっぽりと乳房を包まれた。

はじめて異性に胸を触られて、鼓動が跳ねる。想像以上に私はドキドキしているらしい。

「今ならまだ、今夜の月のせいにして、なかったことにできますよ」

不吉な血の月に惑《まど》わされたことにすればいい——

そうやって私を揺さぶる男は、まだ全然余裕で、理性が残っている。

先ほどは冷静さを失ったと思ったけれど、どこかで取り戻したらしい。

「そう言いながら、胸揉んでるじゃない」

「私も男なので。ここまでお膳立てされてなにもしないなんて、聖職者じゃない限り無理です」

「なのにまだ間に合うって？」

「あなたの真意が聞けていませんから」

耳もとで喋《しゃべ》り、直接吐息を吹きかけるのは、わざとなのか。

艶《つや》めいたバリトンが腰に響く。

私は完全に早乙女を求めているのにここでやめるなんて、ありえない。男のほうがこういうのは辛《つら》いんじゃないのか。

「早乙女のすべてがほしいって言ったわ」

「何故急に？　あなたは私に興味などなかったでしょう」

胸を揉む手に強弱がつき、私の感度を高めていく。

耳の上を甘噛みされ、質問に答えろと急《せ》かされる。

「ええ、なかったわ。でも、今は違う……」

「私が好きですか？」

胸に手を置いたまま、その動きがぴたりと止まる。

真摯《しんし》な声に、ああこれが確かめたかったことなのかと悟った。

「好きよ。あなたの全部がほしいくらい、とっても好き」

――あなたの遺伝子が。

最後の台詞《せりふ》は心の中に秘めて、でも本音を告げる。

私は早乙女の遺伝子が好き。私の中に取り入れたいくらいに、欲している。

この渇望《かつぼう》は、他の男では埋《うず》められない。彼以外の雄《おす》には欲情できないと断言できる。

「だから早く、私をあなたのものにして？」

たくさん注《そそ》いで。一滴も零《こぼ》さないように。

私の中で大切に、宝物を育てるから。

「……っ、あなたは、どうしてそう……。こちらの気も知らないで」

激情を堪《こら》えた声が、耳朶《じだ》に吹き込まれる。

「お慕《した》いしてました、ずっと。社長を――櫻子さまを」

「――え？」

聞き間違い？

そう思ってしまうほど、彼の告白は私にとって意外だった。

「何年我慢したと思っているんですか。一生片想いでも構わないとさえ思っていたのに、ことごとく私の理性をぶった斬ってくれる。あなたはまったく、生まれながらの女王様です」

はぁ、と零《こぼ》された吐息は艶《なま》めかしくて、熱い。

私の身体は完全に背後の早乙女に寄りかかっていた。

「ふ……んぅ、女王様だなんて、思ったこと、ない、わ……ぁっ！」

彼の掌《てのひら》ですっかり立ち上がった胸の飾りが、転がされる。

甘い痺《しび》れが走り、嬌声《きょうせい》が漏れそうになった。

「私にとっては、あなたは唯一無二の女王ですよ。ずっと傅《かしず》いていたいくらいだ」

「それじゃ、下僕《げぼく》じゃない……」

「ええ、あなたの唯一の男であれるなら、なんにだってなります」

「ああ……ッ！」

キュッ、と指で強めに胸の頂《いただ》きをつままれて、思わず甘ったるい声が漏れた。

「本当は初心《うぶ》なのに、男を誘惑して襲おうとするなんて。まったく、あなたの考えることはわからない」

ベッドに座ったまま背後からがんじがらめに抱きしめられれば、私は身動きが取れなくなる。

これでは襲っていたはずが、逆に襲われているのは私のほうじゃないの。

「あなたを、組み敷くのは……わた、し」

「はじめての女性に押し倒されて、腰を振られる趣味はありませんよ。男として情けなすぎる」

それはいずれでいい――

甘い囁《ささや》きはとても優しくて、いつもの生真面目《きまじめ》で堅物な男からは想像できないくらいだ。

「優しくします。あなたを傷つけないように。だから、今さら待ったはなしですよ」

「言わないから、早く……奪いなさい」

――私を思う存分貪《むさぼ》って。

欲望に従順で忠実。ある意味私はとても、本能に従って生きているらしい。

お腹をまさぐっていた手が下方へずれて、ショーツに侵入する。

両脚を立てるよう指示を出されて、脚をM字に開いた。

前から見られていないとは言え、この体勢は少しばかり大胆だ。

けれど、恥ずかしいと感じる暇はなく、秘められた場所を指で暴《あば》かれてしまう。

「んぅ……ッ」

「ああ、感じているんですね」

ふっと耳元で笑う気配が伝わった。微笑んでいる顔なんてレアなのに、正面から見えないのがもったいない。

散々弄《いじ》られたおかげで、私の身体はちゃんと快楽を拾っていたらしい。濡れない体質だったらどうしようかと、実は少しだけ心配していた。

ローションを準備するべきかどうかとか。だが流石《さすが》にそれを誰にもバレずに購入するのは、ハードルの高い難題だった。

「あ、そこ……ヤッ……」

「嫌？　嘘はいけません。ここが一番、女性が快楽を感じやすい場所なんですよ」

クリトリスを指の腹で刺激される。ビリビリとした電流が駆け巡り、身体がびくりと大げさに反応した。

「あ、ぁあん……」

「気持ちいいでしょう？」

発見したことがある。情事中の早乙女は、普段よりも饒舌《じょうぜつ》になるらしい。

というか、普段が必要最低限しか話さないのか。

だけど口調は相変わらず丁寧で、崩れない。未だに余裕の証拠だ。

それがなんとなく面白くなくて、反撃したくなった。けれど、今は流されることしかできない。

もう少し経験を積まないとダメだわ。

身体がゆっくりと傾けられて、うつ伏せに寝かされる。

早乙女の身体が背後から覆いかぶさり、私は顔を横にして枕に頭を押しつけたまま、高まる快楽を逃す方法を考えていた。

「ひゃぁっ……！」

露《あら》わになったうなじに、濡れた唇が落とされる。

背中の真ん中までの長さの髪が素肌をくすぐるが、それ以上に早乙女に与えられる熱のほうがくすぐったい。

「本当に、美しいですね。あなたのうなじも、背中も、どこもかしこも。白く滑《なめ》らかで、ずっと触っていたくなる」

「もう、触ってるじゃな、い……んっ」

チクリとした痛みは、なんだったのか。経験がなさすぎてわからない。

背中に舌が這《は》わされて、同時にぞくぞくとした震えが足元から這い上がる。

身体が甘い痺《しび》れに支配されてしまいそう。でも、やめてほしいとは思わなかった。それどころか、もっと触れてほしいとさえ思ってしまう。

セックスがこんなにも快感を与えるものだなんて、知らなかった。

男と肌を重ねることは、一生経験せずに生きると信じていた。

性欲なんて自分にはないと思っていたのに――

私にも人並みにちゃんと性欲は存在したらしい。

はじめてなら恐怖もあるだろうに、触れられる熱が気持ちよくって、未知の世界に期待さえしている。

でも、これはきっと、相手が彼だからだ。早乙女だからこそ、私はこうやって快楽に浸《ひた》れている。

早乙女は、ショーツに潜《もぐ》り込ませた手はそのままに、秘裂をゆっくりとなぞってくる。

舌で背筋を舐めて、指は卑猥《ひわい》な動きを繰り返し、私の快楽をさらに高めようと動く。

「あ、はぁ、ぁあん、……ああっ」

もうショーツが濡れて気持ち悪い。

シミを作っている布地を、彼はようやく後ろから脱がしにかかった。

「少し腰をあげてください。ええ、もう大丈夫です」

するりと足首まで落ちたショーツは、畳んでベッドの隅《すみ》に置かれた。ついでにガーターベルトとストッキングも脱がされ、隅にまとめられる。

キングサイズのベッドは、大人三人は眠れるから、スペースなら十分にある。

呼吸が荒いまま、身体をねじって背後にいる早乙女に目を向けた。

月食の、赤い満月の光が室内を照らす。薄暗い部屋で彼の顔は、凄絶《せいぜつ》なまでに色っぽい。濃い陰影に彩《いろど》られて、男らしい色香に溢《あふ》れている。

晩餐会《ばんさんかい》に出席後、着替えたはずの彼は、何故かネクタイを締めたままだ。ジャケットを脱ぎ、片手でしゅるりとタイをほどく姿に、目を奪われる。

「私の身体に興味がありますか？」

くすりと小さく笑った彼がシャツを脱いだ。

スーツで隠されていた身体は、筋肉美が素晴らしく、目が逸《そ》らせない。

これは、筋肉フェチなんて嗜好《しこう》がなくても、魅了されてしまいそう。

「身体、鍛《きた》えているのね」

素直な感想が口から漏れれば、彼は頷いた。

「ええ。でないと暴漢が襲ってきたときに、あなたを守れないでしょう？」

冗談か本気かわからないけれど、情事の最中の答えとしては合格だった。

「早乙女」

いつも通りに呼べば、彼は私の手を取り、指を口に含んだ。

「名前で、呼んでください」

「――旭」

私は五年間の付き合いで、はじめて彼の下の名前を呼んだ。

普段は鋭い目つきが、眦《まなじり》を下げてふっと緩んだ。その柔らかな表情に、息を呑む。

「櫻子さま」

私も櫻子と呼んでと言うべきなんだろうか。

だけど、彼と恋人同士になったつもりはない私は、それを許すのは今じゃないと頭の片隅で感じていた。

私は一糸まとわぬ姿で、早乙女に両手を伸ばす。

「来て、旭……キスして」

「っ……」

下半身は未だに服を身に着けたまま、彼の肌が私の肌とぶつかる。

今夜何度目かのキスは、ただひたすら蕩《とろ》けそうで。

私も彼のことがちゃんと好きなのではないか、という錯覚すら覚えた。遺伝子目的だけじゃなく、本当に恋をしているのでは、と。

「ん、んっ、あ……あぁ……」

キスののち、今はくちゅくちゅと舌で胸の頂《いただ》きを攻められている。唾液に塗《まみ》れた胸が、ひどく淫《いん》靡《び》で卑猥《ひわい》だ。

胸の谷間に顔を寄せ、肌に吸いつく男の髪を乱す。

太くて長い指が、秘められた場所につぷりと侵入した。

今まで誰にも侵入を許していない、神聖な場所。

性にまるで興味がなかった私は、自分で弄《いじ》ったことすらない。

「狭い……とても温かいですね。苦しいですか？」

「あっん……平気……。まだ、大丈夫よ」

ならばと、もう一本指が追加された。少し圧迫感があって、少々苦しい。

私の様子を眺めながら、早乙女は指を動かす。バラバラと胎内で異物が動く感触が奇妙で、けれどなにかがせり上がってくる不思議な感じがする。掴めそうで掴めない、もどかしさ。

「声、我慢しないで聞かせてください」

「んぁあ……ッ！」

親指でぐりっと、先ほどより強く花芽が刺激された。膣《ちつ》が反射的に収縮し、彼の指を締めつける。

「あ、さひ……なんか、変……。なにかに流されそう」

「そのまま流されてしまいなさい」

この感覚がなんなのか、経験のない私にはうまく表現できなくて。早乙女の手をギュッと強く掴んだ。

一拍後、なにかがはじけた。意識が白く塗りつぶされて、目の前がチカチカ点滅する。

一瞬の浮遊感。身体がシーツに沈み、倦怠感《けんたいかん》がまとわりつく。

「うまく達せたようですね」

どうやら今のが、オーガズムというやつらしい。

十分にならされた膣にいよいよ彼のペニスがあてがわれる——そのとき。

早乙女の一瞬強張った気配を、私は見逃さなかった。

「……やはり今夜はここでやめましょう」

張りつめた怒張《どちょう》が、月食によりうっすらとしか光が差さない部屋でも見て取れる。

正直、あれ入るの？　私の中に？　嘘でしょう！　と言いたくなる凶暴さなんだけど、でもここでやめてしまったらすべてが水の泡だ。

「まさかこのようなことになるとは思ってもいませんでしたので、準備が整っておりません」

イコール、コンドームが手元にない、ということ。

避妊なんて冗談ではない。

それをしてしまったら、彼の優秀な遺伝子がもらえないじゃないの。

それまでのふわふわとした意識が、急激に戻った私は、離れようとする早乙女を引き寄せた。

「櫻子さま？」

「いいの、このままちょうだい」

男が息を呑んだ。

カチカチになった彼の屹立《きつりつ》は、今にも破裂しそうだ。

そっとそれに手を添えると、すかさず遮《さえぎ》るように手を握られた。

「っ……私をどこまで翻弄《ほんろう》するのですか」

「生殺しなのはあなただけじゃないのよ。コンドームなんていらないから、早く入れて」

「櫻子さまは、避妊薬《ピル》を飲んでいなかったはずでは」

……なんでそこまで把握しているんだ、この男は。

秘書としての役割を越えた有能さが怖い。

実は普段から安全日、危険日というものを把握していない。だって特に必要性を感じていなかったから。

危険日だから避妊しないとまずいという概念以前に、そんな状況には陥《おちい》らないと思っていた。

この調子だと生理周期まで把握されていそうで、いささか怖いが。もうなにが筒抜けでも驚かないわよ。

生真面目《きまじめ》な早乙女の劣情《れつじょう》を煽《あお》るために、私は攻め方を変えることにした。

「もう、焦《じ》らされて辛《つら》いの……。お願い、旭。私を、奪って？」

上目遣いの涙目でアピール。

資料にと読んだＴＬコミック――かなりキワドイ描写満載だった――を思い出す。

彼はぐらぐらと理性を揺らしていたが、ほどなくして敏《さと》い男はなにかを感じ取ったらしい。

すっと細めた眼差《まなざ》しで私を射抜いた。

「現実主義者のあなたが一時の情に流されて、人生を左右するかもしれない過ちを犯すとは思えません。なにか企《たくら》みがありますね？　さあ、吐いてください。いったいなにが目的なんですか？」

げっ。鋭い！

とっさにすっと視線を逸《そ》らしたのがまずかった。

私のこの行動に裏があるとばらしているのと同じじゃないの。

「櫻子さま、答えてください」

「――や、アッ」

達して弛緩《しかん》した身体をまさぐられる。敏感な花芽を指ではじかれて、背が弓なりになった。

「なに、も……」

「そんなはずはないでしょう。あなたの目的は？」

ぐりぐりと親指でそこを刺激されたまま、指が中に侵入する。とろりとした蜜《みつ》が溢《あふ》れるところから、くちくちと厭《いや》らしい水音が響いた。

「ん……旭、がほしいだけ……、っ！」

「そんなそぶりは一度も見たことがないんですよ。私はずっとあなたをお慕《した》いしていたと申し上げたでしょう。少しでも男女の好意があれば、わかります。でも今日まで気づかなかった」

だって私が早乙女に目をつけたのが、最近なんだもの。遺伝子をもらうなら彼のがいい。

羞恥《しゅうち》と快楽と期待と恐れ。ごちゃまぜになった感情が思考を遮《さえぎ》る。

これ以上口を開くのはまずいと掌《てのひら》で口を押さえれば、あっさりと外された。

「ずい分と強情だ。皆既月食《かいきげっしょく》の夜に便乗したわけではないですよね。怒らないから言ってください。

何故、私がほしいのですか？」

くいっと指を折り曲げて、中の壁を刺激する。

ぞわぞわした震えが走り、口から甘い嬌声《きょうせい》がもれた。

「ぁあ……っ！」

「それとも、やめてほしいですか？」

ずるりと指が抜かれて、とっさに早乙女に腕を伸ばす。

いやいやと首を左右に振り、彼に懇願した。

「やだ、やめないで……！　ほしいの、旭の遺伝子が」

ぴたりと動きを止めた早乙女と、口走ってしまった本音に気づいて私が止まったのは同時だった。

「遺伝子……？　ああ、そういうことか」

こんな状況でも回転が速い男が憎らしい。

呼吸を整える私をじっと見下ろして、彼は獰猛《どうもう》に微笑んだ。

「私の遺伝子が目的で、だから誘惑したのですね。避妊しなくていいということは、私の子供がほしいのですか？」

……おかしい。私が迫っていたはずだったのに、気分は絶体絶命のピンチだ。

ここで嘘をついたらまずいと本能で悟り、私は首肯した。事実を認めるのが後ろめたい。

疑念が確信に変わると、早乙女の色気が増した。

恋愛偏差値の違いを肌で感じ、逆転している立場にもはや声も出ない。

「ならば責任をとらせてくれるんですよね」

両脚を開かされ、まだ乾ききっていない蜜口に熱い滾《たぎ》りが押しつけられる。

「んぁ……っ！」

責任をとるというのがなにを意味しているのか、理解するよりも先に衝撃が襲った。

待ち望んだ楔《くさび》は私のに対して大きすぎる。それが、狭い隘路《あいろ》を押し広げていく。

指なんかには比較できないほどの、圧倒的な質量。

「ああ……っ！　あさ、ひ」

「力、抜いてください」

一度達し、十分にならされたはずだが――正直に言えば、痛い。

ズズ、と押し込められる凶悪さに、生理的な涙が零《こぼ》れる。

痛みを堪《こら》えるために、歯を食いしばった。これを女性の皆さんが経験されているのか……と、一瞬意識が遠のきそう。

が、痛さから逸《そ》らすためなのか、苦し気な呻《うめ》きが漏れていた口を、熱く塞がれた。

「あん……ふぅ、ん」

柔らかく、優しく、包み込むような甘いキス。

中途半端に挿入されたまま動かずにいる早乙女は、私の快楽を再び呼び起こそうとしているようだ。

徐々にじくじくとした痛みが薄れてきたところで、彼は私に一言断りをいれた。

「少し、我慢してください」

「あ……、――ッ！」

「ッ……」

ぐぐっ、と最奥まで到達した楔《くさび》は、太くて熱くて、下腹の圧迫感が苦しい。

酸素がうまく吸えない。内臓が押し上げられる違和感も、未知なる体験だ。

「はぁ……、大丈夫ですか？」

「ん……痛いし……くるし、けど……なんとか」

元々の体格差もあるんだから、ある程度予測はできていた。しかし想像以上というか、一般的にどうなのだろう。これは平均より大きい気がする。

「あなたの中が、温かく絡みついて、気持ちよすぎる」

そんな恥ずかしい実況中継いらない。心臓が余計激しくなるじゃないの。

「ん……やっ。まだ、暫《しばら》く、このまま……」

「っ、私も、あまり保《も》ちそうにないですが……」

いつの間にか苦しさから目を閉じていたが、瞼《まぶた》を開ければ、眉間に皺《しわ》を刻んで切なげに耐える、凄絶《せいぜつ》な色香を放つ男の顔があった。

あまりの色っぽさに、胸の奥が疼《うず》いた。痛みが徐々に和《やわ》らいで、余裕を取り戻せたからか、無意識に彼の雄《おす》をキュッと締めつけたらしい。

「く……、っ」

歯を食いしばり、私を見下ろす男の額《ひたい》には、うっすらと汗が浮かんでいる。

大きく息を吐いた早乙女は、艶《つや》めいた微笑を浮かべた。

「わざと締めつけるなんて、いけないお嬢様ですね……」

「し、らないわ……、そんなの。身体が勝手に」

「慣れてきたようですから、そろそろ動きますよ」

呼吸が整った瞬間を見計らい、抽挿《ちゅうそう》が開始された。刺激が強すぎて、腰が跳ねそうになる。

「あっ！　まだ待っ……！」

「もうこれ以上は待てません」

堪《こら》え性はどこにいった！

制止の声を聞くことなく、早乙女は私の内壁をこする。

ゆるゆるとした律動は、徐々に速さを増した。

キスや胸への愛撫《あいぶ》が加わり、再び愛液が滴《したた》り落ちる。

恐らくは、処女の証《あかし》である破瓜《はか》の血も、分泌液で薄まって垂れているだろう。

「あ、あっ、ああん……」

両脚をぐっと広げられて、すべてをさらけ出す格好に羞恥《しゅうち》を感じるが、それを拒否する余裕などない。

早乙女に脚を抱え上げられたまま、彼の屹立《きつりつ》はさらに奥へ侵入し、抽挿《ちゅうそう》が速まった。

ずちゅん、ぐちゅんと響く淫《みだ》らな水音が、官能を煽《あお》る。

「あさ、ひ……あぁ、ふか、い」

「櫻子さま……」

掠《かす》れた早乙女の声が聞こえた直後、彼のものが内壁の一点を強くこすった。

ビリビリと、一際強い刺激に襲われて、背中が弓なりになる。

「ぁああ……ッ！」

「ここですか」

「ヤ、ダメ……そこ、は」

容赦なく感じるポイントを突かれ、思考が奪われた。

もはや口から零《こぼ》れる嬌声《きょうせい》を抑えきれない。

「あ、ああん、はぁあっ……、あさ、ひ」

縋《すが》りつく肩が逞《たくま》しくて、しっとり汗ばんでいる素肌が気持ちよくて。

私は波に呑まれないよう、必死に早乙女の背に腕を回した。

律動が速まる。限界が近いのかもしれない。

彼の雄《おす》を反射的に強く締めつけた。もはや動物としての本能と呼べる、女の性《さが》だった。

「櫻子さま……。あなたの望み通り、私の遺伝子を差し上げます」

「ん……、はぁ……ちょう、だい」

「責任はちゃんと取らせてもらいますよ」

ぐいっと引き寄せられて、唇を塞がれた。

上も下も密着して満たされている。まるで心まで満たしてくれるみたいに。

「――ッ！」

「ああァ……っ！」

胎内ではじけた熱は、すさまじい快楽をもたらした。

身体の奥には、熱い飛沫《ひまつ》が注《そそ》がれている。

破瓜《はか》の痛みは今だけのはず。一生で一度しか味わえないこの特別な体験に協力してくれたのが早乙女でよかったと、自分勝手な満足に浸《ひた》っていた。

最後の一滴まで零さないよう、締めつけて飲み干す私の身体は、私の心と同様に貪欲《どんよく》なのだろう。

「――……」

優しく髪を梳《す》かれ、耳元でなにかを囁《ささや》かれた気がした。

その言葉が脳に届くよりも先に、私は倦怠感《けんたいかん》とともに意識を微睡《まどろ》みの中へ沈めていく。

いつしか皆既月食《かいきげっしょく》は終わり、赤い月は普段の色を取り戻していた。

＊

疲れ切って寝てしまった櫻子を起こさぬよう、旭は己《おのれ》の分身を彼女の胎内から引きずり出した。その瞬間、こぽりと零《こぼ》れたのは、自分が放った精。そして彼女が純潔であった証《あかし》だ。

あられもない姿で寝入る櫻子と、彼女の秘所から溢《あふ》れる血色がまじった白濁に、興奮を覚える。萎《な》えたはずの楔《くさび》が再び力を取り戻そうとし、そんな己を叱咤《しった》した。

冷静さを取り戻せば、襲いくるのは言いようのない罪悪感だ。

やってしまった、という後悔の念にさいなまれる。

「なんてことをしてしまったんだ、俺は……」

何年もの間、我慢していたというのに。

自分に興味の欠片《かけら》もない彼女が振り向いてくれることはないと思っていた。

美しく聡明で、見た目は可憐なのに豪胆な年下の女性。自分とは七歳も離れている。

元々旭が仕えていたのは、彼女の祖父である鷹司家当主だ。彼も型破りで常識外れな男だった。

彼との出会いは、旭が二十代後半だった頃。SPだった旭が、彼女の祖父と任務中に知り合ったことが始まりだ。

彼の有能さと経歴の異色さに目をつけた鷹司財閥の当時の社長は、旭を口説《くど》き落として、己の秘書へとヘッドハンティングしたのだ。

『ここまで使える男は珍しい。わしが育てよう』と、警察の上層部と掛け合った話は有名である。

それから数年後、あっさり引退宣言をした彼は、旭に孫娘に仕えるよう命じた。

が、あくまで旭の主は、会長である彼女の祖父のままだ。故に、すべての事柄に報告義務が生じる。

まさか、彼女の貞操《ていそう》を奪ってしまったと報告しなければならない日が来ようとは……

人生なにが起こるかわからない。

「最近少し様子がおかしいとは思っていたが、俺を狙っていたのか？」

彼女を狙う輩《やから》は、実は彼女が把握するよりはるかに多い。害虫駆除が追いつかないほどだ。

そのうちのひとりだったあの鷺沼専務は、冗談にしても悪質すぎた。なにせ、パーティー用のドレスや装飾品とともに、大胆すぎる下着まで送りつけてきたのだから。

彼に対して浮かび上がった言葉は、「殺すぞ」だった。

しかし鷺沼専務は、本当のところは恐らく彼女狙いではないだろう。どこか自分と似た気配を感じるのは、あの男も櫻子の祖父と繋がりがあるからか。

——あの狸《たぬき》のさしがねである可能性も、なくはないな……

年寄りは娯楽が少ない、が彼の口癖のひとつだ。

なんにせよ、思惑通りに進んでしまっている気がして、面白くない。

元々厳しい訓練に耐えてきたのだ。無意識に色香を振りまくお嬢様に、間違っても欲情しないはずが……。あんな風に誘われれば、話は別だろう。

「遺伝子がほしいと迫られたのは、はじめてだ」

大胆で行動力に溢《あふ》れている彼女が狙ったのが、自分でよかった。ほかの男だったら見過ごせない。

テキパキと櫻子の身体を濡れタオルで拭き、冷やさないようベッドカバーをかぶせる。

そして一度では到底足りずに復活した己《おのれ》を鎮《しず》めるため、手早くシャワーを浴びた。

「順序が逆になってしまったが、正式に結婚を申し込もう」

交際をすっ飛ばしてプロポーズになるとは予想していなかったが。

妊娠させる覚悟で彼女を抱いた。それが櫻子の希望でもあったから。

社長と社長秘書という関係だけではなく、堂々と彼女を自分のものだと示せるように、目に見える証《あかし》がほしい。

そうすれば、彼女を狙う不埒《ふらち》な輩《やから》からも守れるだろう。

眠る櫻子の隣に身を横たわらせ、華奢《きゃしゃ》な彼女の身体を抱き寄せた。

こんな日がまさか来ようとはと幸せに浸《ひた》りながら、艶《つや》やかな櫻子の髪を撫でて、旭は眠りに落ちた。

第四章　First Quarter　――上弦《じょうげん》――

「マジ？　まさか本当に襲ったの？　自分の秘書を！」

驚愕《きょうがく》の声をあげたのは、うちの屋敷に遊びに来ている秋穂だ。

残念ながら夏芽君は今日はお留守番。旦那に面倒をみてもらっているらしい。

「襲ったはずが、気づいたら襲われていたけどね」

中庭のテラスでアフタヌーンティーを楽しむ私たちの周りには、給仕係の使用人はいない。皆、下がってもらっている。

マイセンのティーカップを持ち上げて、香り豊かな紅茶を堪能《たんのう》した。

十月になって、これからもっと秋が深まる季節。

暑さが和《やわ》らいで、外でのお茶会も快適だ。

「なんていうか――流石《さすが》、有言実行《ゆうげんじっこう》の女……。あんたを敵に回さなくてよかったわ」

「友達なんだから敵に回ることなんてないわよ」

クロテッドクリームをスコーンに塗り、秋穂はぱくりと頬張った。

「相変わらず、鷹司家のシェフのお菓子と料理は最高ね」

「ありがとう、伝えておく。喜ぶわ」

軽食とスイーツ数種類がのったアフタヌーンティー用の三段プレートは、あっという間に空《から》になった。

お代わりのダージリンを堪能《たんのう》しつつ、友人は小声で続きを促《うなが》してくる。

「で？　結局なにがどうなったのか、詳しく説明してよ」

一から順序立てて聞きたいと言われ、話はつい一週間前の出来事まで遡《さかのぼ》った。


スーパームーンと皆既月食《かいきげっしょく》が見られた翌朝。

寝起きに秘書がとんでもない発言をかました。

「結婚してください」

眠気が一瞬で覚めた。

「え、なに？　なんでいきなりプロポーズ？」

上半身を起き上がらせれば、跪《ひざまず》いていた彼が立ち上がった。

バスローブを羽織らせてくれようとするけれど、それはいいからシャワーを浴びたい。

ずくんと痛む下腹に、まだなにか挟まっているような違和感がある。思わず顔をしかめれば、感情の起伏が乏《とぼ》しい男も慌てて介護に走る。

「申し訳ありません、少々無理をさせました。辛《つら》いところはないですか？」

「身体がだるいし痛いし筋肉痛だけど、あなたが謝ることじゃないわ」

襲ったのは私のほう。同意だったけど。

「早乙女、お風呂に入りましょう。汗を流したいの」

「……一緒にですか？」

「ええ、問題ある？」

散々抱き合った仲だし、今さら見られても恥ずかしくないわ——なんて思ったけど、やっぱり朝の明るい光の下では、若干《じゃっかん》気恥ずかしい。しかし、もう言ってしまったことを取り消すのもなんだし。なんとか平静を装い続けた。

「すぐにお湯を溜めてきます」と言って、彼が浴室に姿を消す。

身体はべたついていないから、多分昨夜のうちに、早乙女が拭いてくれたのだろう。

本当、ずい分甲斐甲斐《かいがい》しい。

「あれ、ちょっと待って。さっき大事なこと言われたわよね」

結婚してほしいとかなんとか……

「って、結婚!?」

……それは冗談よね？

先ほどのバスローブを手にとり、早乙女のもとへ行こうとするが、はじめての体験で、身体のふしぶしが痛む。そして立ち上がれない……

「お湯が溜まりました」とタイミングよく戻ってきた彼は、私の現状を察したのだろう。

長いコンパスで近寄り、私を軽々と抱き上げた。ばさり、とバスローブがカーペットに落ちる。

「ねえ、立てないんだけど」

「……申し訳ございません」

気まずそうに視線を彷徨《さまよ》わせるのは、私が全裸だからか。

横抱きで浴室に向かい、丁度いい熱さのお湯に身体を沈めてくれる。

大人二人が入れる大きさのバスタブに早乙女も引きずり込んで、仲良くバスタイムだ。

シャワーブースと別になっているバスルームは、開放的な空間で、やたらと鏡が多い。

昨日と今日で、私の経験値はうなぎ昇りになっている。

彼に背後から抱えられる形で湯船に浸《つ》かっていると、有能秘書が躊躇《ためら》いがちに声をかけてきた。

「いきなりあなたから風呂に誘われるとは、思いませんでした」

「だってひとりじゃ入れないし」

処女喪失後のことまで考えていなかった。目的は一応達成したけれど、身体は辛《つら》い。

今後のことも話し合わなければと思い至り、思考を巡らせる。

まずは彼との関係を継続させないと。一回目で子供ができる可能性は低いはず。

「――さま、櫻子さま聞いていますか？」

「え、ごめんなさい。なに？」

ゆっくりと振り返り、彼と向かい合う。身体が温められたことで、腰の怠《だる》さも関節の痛みも薄れてきた。

「私と結婚してくださいますね？」

……確認という形をとりつつ決定事項に聞こえるのは、何故かしら。

だけど私は、はっきりと、人でなしな台詞《せりふ》を口にする。

「ごめんなさい。私、結婚に興味がないの。あなたの子供はほしいけど、結婚という責任を取らせるつもりはないわ」

「まさかと思いますが、私が鷹司家に取り入りたいからあなたとの結婚を望んでいるなんて思っていませんよね？」

——今まで言い寄ってきた男と同じだと思われているのか。

早乙女の顔に苦いものがまじった。

「さあ。あなたは私の地位や鷹司家に興味があった？」

「ありません。いえ、仕事で必要なことでしたら関心は持っていますが。私自身は鷹司家の権力を望んでいません。たとえ鷹司の名前がなくても、私は櫻子さまをお慕《した》いします」

おそらく彼は、すでに必要なものは持っている。だから、余計な力はしがらみにしか感じないはずだ。野心が強くないことは、傍《そば》で見てきた私が知っている。

「肩書に興味がないのはわかってるわ。純粋に私がほしいと思ってくれているのも。でも、私が無理なの。紙切れ一枚の誓約をする気にはなれない。相手が誰であろうと」

少しぬるくなったお湯に浸かったまま、真っ直ぐ早乙女の目を見つめた。そしてゆっくりと、男を惑《まど》わす笑みを意識的に浮かべる。

「誓約に縛られるのは嫌だけど、私があなたの子供を産んであげる」

「……櫻子さま」

明るい光の下で見る早乙女の身体は、極上だ。惚《ほ》れ惚《ぼ》れする完璧さ。

首から鎖骨に落ちる水滴を、思わず舌ですくう。

彼は低く唸《うな》るような声で私の名前を呟《つぶや》いたかと思うと、噛みつくような勢いでキスをした。

バシャン！　お湯が豪快に跳ねる。

「私の子を産んでくださるのに、私との結婚は考えられないんですか。ひどい方ですね」

キスをしながら性急に胸を愛撫《あいぶ》されて、下肢も弄《いじ》られる。まだ少し痛むそこに指が押し込められ、柔らかく解《ほぐ》された。

「あ、旭……？」

「あなたが私を煽《あお》るのが悪い。子供ができればその考えも変わりますか？」

お互いの荒い呼吸が、バスルームに響く。昨日受け入れたばかりのそこに、再び早乙女の屹立《きつりつ》がねじ込められた。

「はぁ、んあああ……っ！」

早乙女は向かい合わせで跨《また》がらせた私の腰を掴んで、上下に揺らす。抽挿《ちゅうそう》を始める彼の顔は、まるで飢《う》えた獣《けもの》みたいだ。

なのにそんな目で求められることが嬉しいと感じるなんて。それほどまでに、私は彼の遺伝子を求めているらしい。

「あ、あつい……のぼせちゃう」

くらくらする。水とは違う彼の素肌が、全身にくまなく触れてくる。その感触も与えられる刺激も、すべてが快楽へ繋がった。

花芯に触れられ、強制的にオーガズムを味わわされる。

「あと、少し……、っ……！」

今回は躊躇《ためら》うことなく私の中で果てた早乙女は、その後私の身体を丹念に洗い、身支度を整える準備をしてくれた。

いくら時間に余裕があるからといって、カンファレンスに参加できなかったらどうしてくれる。

祖父からの嫌味《いやみ》攻撃をひとりで受けるなんて、冗談ではない。

当たり前だが、カンファレンスには初日からフルで参加した。今後予測される国際情勢や世界経済の行方に、各分野での著名人が最新情報をシェアしてくれるなど、有意義な場だった。

痛む腰と身体に鞭《むち》を打ってでも行った甲斐《かい》があったと思う。しかし、その間ずっと、早乙女の機嫌は悪かった。

というのも、断ったのである。二度目の情事後に彼からされた、三回目のプロポーズを――


「はっきり種馬《たねうま》扱いしたの？　櫻子ってば鬼ね」

細部はもちろん端折《はしょ》って、でもあらかた説明した私に、友人は容赦なく言った。

「別に種馬扱いのつもりはないけれど、考えようによってはそうかもね」

「うわ～早乙女さん可哀そう～」

追加で運ばれてきた、うちのシェフお手製の英国風レモンタルトを食べつつ、秋穂が早乙女に同情を向けた。

あの後彼から、『好きと言った言葉は嘘ですか』と訊《き》かれたので、ちゃんと否定した。

『嘘なんてついてないわ。私はあなたの遺伝子がとっても好き』

苦い顔で黙り込む男には悪いが、彼はいかに自分が優秀な遺伝子を持っているか、気づいていないのだろう。

私にとって、彼以上に魅力的に感じる人はいない。

それをしっかりと説明すれば、なら何故結婚には応じてくれないのかと説明を要求された。

「結婚のメリットを感じないから結婚しない、だけじゃ、男は納得できないもの？」

さっくりしたメレンゲにフォークを立てて、レモンクリームとタルトのクラストとともに頬張る。酸味と甘さのハーモニーが絶妙で、いつ食べてもおいしい。

「そんなの、櫻子を名実ともに独り占めしたいからでしょ。櫻子もね、紙切れ一枚なんて大したことないとか思ってたら大間違いよ。名字が変わるとなるといろいろと面倒だしね。あんたの場合鷹司家の令嬢ってことで、名字は変わらないかもしれないけど、それでもね。婿《むこ》を選ぶ立場だから余計に大変よ」

そう、それも面倒だから結婚なんて考えたくないのだ。

男に頼る人生を送ってきてはいない。むしろ、男なんていなくても生きられる女に育った。経済的にも自立しているし、家だってある。家族だって使用人の皆がいるもの。

これであとは子供が生まれれば、私にほしいものなどないのだ。

「私はどう足掻《あが》いたって、子供の父親にはなれないじゃない。でも母親にはなりたいのよ」

「そう、それよ。遺伝子上の父親が早乙女さんになった場合、子供と父親は会わせないの？」

「それは早乙女次第よ。父親になりたいというなら名乗ってもいいと思ってる」

「じゃあ籍入れればいいじゃない」

「だから私に夫がいらないんだってば」

変態ヤンデレホイホイは、余計なトラブルを釣り上げないためにも、男とは極力関わらない人生を歩むの。唯一早乙女は例外だけど、それは子供の遺伝子的な父親という意味で。一生独身を貫くつもりなのに、今さら変えるなんてできない。

「彼とのキスとセックス、櫻子はどう思ったの。気持ちよかった？」

「そうね……、ええ、気持ちよかったわ。キスもセックスもはじめてだったけど、あんなに理性を崩すなんて、相当な破壊力よね。未知の体験だったわ」

「はじめてで気持ちよかったなんて凄《すご》いわね……。って、身体の相性はいいってことよね。それなら、他の男と同じことやるって想像してみて。できる？」

「あの男以外が私に触れる？」

少し想像しただけでも、嫌悪《けんお》がわいた。それなりの友人づきあいをしている男性が相手でも、きっぱり拒絶する、確実に。

「嫌、絶対嫌。身体見られるのだってお断りよ」

「それ、つまりあんたは彼が好きなんでしょう？」

そう断言する友人に、私は頷き返す。

「だから好きだって言ってるじゃない」

「「あの男の遺伝子が」」

被った台詞《せりふ》にムッとする。友人は失礼にも、呆《あき》れたため息を吐《つ》いた。

「ダメだこりゃ……」

お手上げになったらしく、彼女はティーポットから紅茶を注《つ》いだ。

私はというと、絶句していた早乙女の姿を思い出していた。

『私は、あなたとの結婚を諦めません』

きっぱりプロポーズを断ったときに言われた台詞。

真正面から諦めない宣言をされたのは、嬉しくなかったと言えば嘘になる。だってこれで彼にまた、求められるチャンスが来るもの。

「私もあなたとの子供は諦められないからセックスして、って言ったんだった」

紅茶を飲んでいた友人が、盛大に噴きだした。

そういえばこんなこと前にもなかったっけ？　デジャヴを感じる。

「あんた、早乙女さんとセフレになりたいの？　鷹司のお嬢様がセフレって、とんだスキャンダルだわ……」

そうか、真剣にプロポーズされる前だったら、その提案もアリだったのか。

なんて本気で考え始めた私に、秋穂ははっきり「待った！」をかけたのだった。

＊

出張は無事に終えたが、仕事以外が問題だらけだったあの夜から二週間。

私と早乙女は、今まで通りそっけない関係を続けている。

もちろん、それは表向きだ。

社長就任当初、私が早乙女と付き合っているんじゃないかというゲスな勘繰《かんぐ》りをしてくる輩《やから》が絶えなかった。けど、ビジネス以上の関係ではないと結論が出るのも早かった。お互いの間に、親しみも甘さも一切匂わなかったから。

五年続けてきたその関係を、今ここで崩すわけにはいかない。

そして当然、これから先も、他の人間に勘づかれては困る。

ゆえに、私は彼に契約を持ちかけた。

「私があなたを求めるのは、月が綺麗な夜にだけ。だからあなたもそのとき以外で私に触れてきちゃダメよ？」

「はい……？」

ニューヨーク出張の最終日前夜。空に浮かぶ月には、うっすらと雲がかかっていた。

「私はあなたの子供がほしい。あなたは私と結婚したい。でも私は結婚は嫌。それなら、どうしたらあなたの遺伝子がもらえるのか、考えてみたの」

訝《いぶか》しむ秘書の前に、契約書やなにも書かれていない小切手など、必要なものを並べた。そして彼の前で、指を一本立てる。

「ひとつ。私があなたの精子を言い値で買うわ。一回の射精につきいくら、もしくは関係を持った回数で」

「は……？　櫻子さま、なにを」

唖然《あぜん》としている早乙女に、二本目の指を向けてみせた。

「ふたつ。お金が嫌なら、子供ができたら謝礼として、あなたの望みを叶えてあげる。鷹司の名にかけて、バックアップは惜しまないわ。地位でもなんでも、ほしいものを言ってちょうだい。ただし、結婚はしないけど」

元々優秀な人間はごまんといる。だけど望んだ場所に行けるのは一握りだ。頭脳も能力もあっても、運がなければ輝けない。埋もれてしまう人間は数知れない。

中世の芸術家たちがそうだったように、後見人がいなければ世に名前を残すこともかなわなかった人がたくさんいるだろう。

早乙女がなにに興味を抱いているかは知らないけど、研究者でも博士でも、望むならなんにだってさせてあげる。

しかし――

「お断りいたします」

「何故？」

「では逆に訊《き》きますが、いくらでも金を出すから自分と寝ろなんて娼婦まがいのことを言われて、あなたは頷きますか？」

「嫌」

「そういうことです」

ふう、と疲れたため息を吐《つ》いた早乙女が、話はこれだけかと目線だけで問うてきた。

って、そんなわけないじゃない。ここで終わらせてしまったら、困るのはこちらだ。

「私は女だから別だけど、あなたは男でしょ。海外の精子バンクで優秀な頭脳を持った博士や実業家、アスリートやトップスターの遺伝子がいくらで取引されてるか、あなた知らないの？　私は早乙女は彼らに劣らないと思っているわ。一億払ってでもほしいと思えるほど、あなたの遺伝子は価値があるのよ」

一億というのはたとえだけど、実際一億でも安いと思う。だってこれは、値段がつけられない問題だ。

早乙女は複雑そうな吐息を漏らし、私を見据える。

「まったく嬉しくありません」

「なんで！」

こんなにもあなたは魅力溢《あふ》れる男性だと言っても、彼には伝わっていないらしい。

「お金も鷹司家の権力もいりません。私は自分で手に入れたものにしか興味がない。私もいずれはあなたとの子供がほしいですが、その前に私と結婚してください」

「それは断るわ」

「何故ですか」

「結婚へのメリットを見い出せないから。結婚とは誓約であり束縛《そくばく》で、忍耐を試される人生の試練よ。人生の墓場だと言われることもある。フランスの劇作家、アルマン・サラクルーだってこう言ってるわ。『人間は判断力の欠如によって結婚し、忍耐力の欠如によって離婚し、記憶力の欠如によって再婚する』って」

恋は、一過性の病《やまい》だ。

物事の判断力を著《いちじる》しく低下させるし、恋する人間は感情に流される。

恋愛ならやっぱり合わなかったから別れるですんでも、結婚となるとそうはいかない。

離婚調停のすさまじさは、一応法律を勉強していた私もそれなりに知っている。

「紙切れ一枚の誓約なんていらないわ。お互い煩《わずら》わしさもなく楽しめるほうがいいじゃない」

「私はそうは思いません。生涯をともに歩みたいと思うなら、たとえ紙切れ一枚だろうとも法的に認められた関係を築いたほうが有利です」

「本当、あなたって真面目《まじめ》ね。私はわがままな女よ。嫌なことは嫌だって言うし、我慢は極力しない。あなたは絶対にそのうち疲れて、愛想を尽かすわ。それならこのままでいいじゃない」

「意志が強くわがままなところもあなたの個性です。私はあなたに振り回されるのは嫌いではありません。笑顔の下に激しい感情を隠しているのも、経営者として冷静な半面、短気で激情家なのも、可愛らしいと思っています」

ずい、と間合いが詰められた。ちなみにここは、ホテルの私の滞在部屋である。

私を壁に追い詰めた早乙女は、両手を壁について私を囲う。

「順序がめちゃくちゃですが、私はあなたを独り占めしたい。愛しています、櫻子さま」

堅物で生真面目《きまじめ》で、特技は数多くあれど仕事以外の趣味があるのか怪しい男が、私に愛を囁《ささや》き愛を乞う。

その姿に魅力を感じないと言えば嘘だった。

だけど私は、真摯《しんし》な眼差《まなざ》しで私を見下ろす早乙女を見つめ返し、艶然《えんぜん》と微笑んだ。

「そう。じゃあ取引が嫌なら今のは全部なしで。全力で私に愛を語り、本気で口説《くど》き落としてみせなさい。私があなたを愛していると言うまで」

壁ドンをしている早乙女の頬をそっと指で撫でる。

驚きで固まる彼に、正面から抱き着いた。背伸びをして、耳元で条件を告げる。

「タイムリミットは、私の誕生日まで。三十になるまでに私の意識を変えられたら、あなたの勝ち。なんでもひとつ、言うことを聞くわ。それが私との結婚なら、それも受け入れる。私のほうは、はじめの夜と同じ条件で、月が綺麗な夜にしか誘惑しない。でもあなたはいつでも口説いていい」

そして私ははっきりと、彼にとって容赦のない言葉をかける。

「もし期限が来るまでに私が妊娠して、それでも結婚しない意志が変わらなかったら、……婚姻届けは出さないわ。あなたの子供は産むけど、結婚はしない」

——さあ、どうする？

賭けの内容を告げて彼の顔を見つめれば、早乙女は苦々しく柳眉《りゅうび》を寄せた。

それから私を強く抱きしめ、吐息まじりの低い声を出した。

「あなたは本当に、わがままで残酷な方だ」

「ええ、ひどい女でしょ。私もあなたが好きだけど、それはきっと、愛とは違うもの」

背広越しでも、彼の身体の完璧なラインが伝わった。

「受ける？　受けない？　断るのもあなたの自由よ」

「……受けない選択肢はありません。では、覚悟しておいてください」

深く息を吐いた男は、次の瞬間、はじめて私に挑発的な笑みを見せた。

「私は全力であなたを口説《くど》きますから」

普段は禁欲的な男から、突然醸《かも》される色香って凄《すご》い。少し微笑まれただけで、クラってきたわ……


帰国後も表向きはなにも変わっていないから、社内で私たちの関係の変化に気づく者はいない。

今日も今日とて、鷹司家の車で出社した私を、秘書はロビーで出迎える。

「おはようございます、社長」

「おはよう、早乙女」

きっちり結い上げた髪はクリップでまとめて、隙《すき》のないパンツスーツと七センチヒールのパンプス。

社内を歩くときは伊達眼鏡をかけ、理知的で冷静なステレオタイプを活用している。だって、人が持つイメージって結構あなどれない。

鞄を彼に預けて、役員用のエレベーターへ向かう。数年前までは他の社員からは遠巻きに見られるだけで、近寄ってくる人間はほとんどいなかった。けれど、今ではロビーですれ違えば、皆にこやかに朝の挨拶《あいさつ》をしてくれる。

経営者としてはまだまだ未熟ながら、少しは認められているようで内心嬉しい。

「ずい分、秋めいてきたわね」

十月も中旬。気温はぐっと下がってきた。

「季節の変わり目は体調を崩しやすいから、早乙女も気をつけてね」

「はい、社長もご無理はなさいませんよう」

「秘書さんがハードなスケジュールを入れなければ大丈夫よ」

エレベーターが到着し、役員の部屋の前を通りすぎて突き当たりの社長室にたどり着く。

朝は、定例会議やら各部門から届けられた書類に目を通すことから仕事が始まる。書類は、至急目を通すべきものと、比較的時間がないものと、余裕があるものにあらかじめ早乙女がわけていてくれるから、そのあたりは助かってる。

また会議の頻度と時間は、ここ数年でかなり減った。

正直、無駄に長くて生産性のない会議をする意味がわからない。これは我ながらよい方向に変えられたと自負している。

席に着き、手元に回ってきた内定者のリストを見て、眉をひそめた。

「ねえ、これ三月に卒業する子たちのリストよね。過去の、留学生や外国国籍の子を受け入れた数って残ってる？」

「少々お待ちください」

去年の分はもうデータ化されているらしく、早乙女がタブレットを操作した。

「……募集枠に比べて少ないのは何故かしら」

「内定が彼らの都合で取り消されたのでしょう」

「向こうから辞退されたってことよね」

それは……正直嬉しくない。

だって一割近い学生が、内定を辞退しているのだ。

自分で言うのもあれだけど、うちは、競争率が激しく非常に魅力的な大企業のはず。

もちろん、就きたい職種と違ったなど、面接を最後まで受けてみて感じた学生もいただろう。又は、うちの社風が自分のとは合わなかった場合もあったはず。

でも、これからさらに多様性《ダイバーシティ》を求める時代になるというのに、いろんなバックグラウンドの人から魅力的と思われないのは、由々しき事態だ。

「海外で起業や就職するとか、そういう可能性だってあるけれど。でも働きたい会社一位を目指しているのに、ほしい人材の確保がままならなくなったら、嬉しくないわね」

グローバル化を謳《うた》いつつも、実際蓋《ふた》を開けたらまだまだって会社は多い。世界各国に海外支社があるここだって、実は社風はおもいっきり日本企業だったわけだし。

「面接、面接官……。ねえ、早乙女」

「いけませんよ、社長」

チッ、勘のいい男ね。

恐らく彼が思っていることは間違ってはいないだろうが、ムッとする。

「まだなにも言ってないわよ」

「よからぬ企《たくら》みを考えたことだけはわかります」

「たとえば？」

「……面接に立ち会いたいとか、受ける側になりたいとか。多少無理を通すようなことです」

「あら、ご明察。よくわかってるじゃない」

にっこり微笑めば、無表情がデフォルトの秘書は無言の圧力をかけてきた。

普通の人間ならビビって顔を青ざめさせるだろうが、生憎《あいにく》私は耐性がついている。少し睨《にら》まれたくらいじゃ、怖くもなんともない。

「どうやったら面接を受ける側になれると思ってるんですか。面接官たる我が社の社員が、社長の顔を知らないはずがないでしょう」

「それなら変装すればいいのね？」

かけていた眼鏡を外し、髪をほどく。

少し癖のついた髪は、時間が経てば真っ直ぐに戻るほど、私の髪は天然のストレートだ。

リクルートスーツを着たら、若干《じゃっかん》年齢も若く見えそうじゃない？　新卒とはいえ、留学していた学生の面接希望者は、二十代後半のことだってある。中途採用だってもちろん受け付けている。

「髪下ろしただけじゃすぐバレるなら、いっそのこと髪型変えるか」

前髪なしのストレートだけど、久しぶりに前髪を作るのもいいかもしれない。

ハサミを引き出しから出したところで、早乙女に止められた。

「やめてください、いきなりご自分で髪を切ろうなど。正気ですか」

「じゃあ早乙女が切ってくれる？」

「お断りします」

「なら自分でやるしかないわね」

適当に一掴み髪を掴んで、目線の上ギリギリを狙えば、実力行使で早乙女が止めた。

「むちゃくちゃすぎますし、こんなことしても潜入なんか許されませんっ」

くどくどと長い説教が始まるのはごめん被《こうむ》る。

私もやはり無理かと断念したが、イメージチェンジ欲はそのままだった。

「じゃあ潜入はしないから、早乙女が私の前髪を作って」

「……っ」

見つめ合うこと数秒。私が折れないと判断した秘書は、美容師顔負けの器用さで、綺麗にサイドに流れる前髪を作ってくれたのだった。

わけ目次第では、額《ひたい》が見える面積は今までと変わらない。

だから一見イメージチェンジをしたようには見えないが、髪を下ろして横わけにすると印象が変わるのが気に入った。

そんなわけで、パッと見誰だかわからなくなった私は、極力〝社長です〟オーラを消し、一般社員向けに開放したラウンジ――旧役員用食堂、へ赴《おもむ》いた。

窓から秋の陽光がポカポカと差し込むここは、絶好のリラックスエリアだ。コーヒーや紅茶、ハーブティーなどをフリーで提供している。

私は休憩時間や予定が空くと、お気に入りの紅茶を紙コップに注《つ》ぎ、ここのひとり用のソファで雑誌をめくる。

テーブルやソファなど、自由に配置された家具が落ち着く。ヨーロッパにありそうなカフェをイメージしてみたのだ。喫煙所か給湯室でしかコミュニケーションを取る場所がないと小耳に挟んだのも、ここを作ったきっかけだったけど、評判は上々。十分ほどコーヒーブレイクをし、部署に戻る人が多々いる。

そしてこういう場では、社長室にこもっていては耳に入らないであろう噂話や、社内の評判も聞こえてくる。

「知ってる？　企画部の田丸《たまる》さん、営業の新人君と付き合い始めたんだってよ」

「えー！　歳の差凄《すご》くない？　十個くらい違うよね？」

「ショック～。私今度飲みに誘おうと思ってたのに～」

そんなお喋《しゃべ》りに花を咲かせていたのは、今風のオフィスカジュアルな服装をした、二十代の女子社員だ。年下ボーイをゲットなんて、やるわね田丸さん。……知らないけど。

歳の差が十か。私と早乙女はそういえば七歳違うんだっけ？　彼は今年で三十六になったとか。私は早生まれだから、同級生よりもう少し長く二十代でいられる。

「受付の吉沢《よしざわ》さんの薬指に指輪が！」

「マジかよ……、我が社のアイドルが」

がっくりと肩を落とす若い男性が二名。

話す内容が色恋だらけとは。うちの会社はとても平和らしい。

以前ここで、会議室が密室になるのが嫌だという話を小耳に挟んだことから、通路に面する窓のブラインドを撤去して、すべて磨《す》りガラスに変えた。人の動きが外から捉えられるようにすれば、セクハラやパワハラなどの防止にもなる。

何気ない会話の中にヒントって転がっているものね、と実感させられた。

その後も社員たちのお喋りを次々に拾い、内心で相槌《あいづち》を打つ。ドラマの話から、上司の愚痴《ぐち》、新人教育の大変さなどなど。人間関係の問題は、そう簡単にはなくならない。

「あんたの部署に配属された新人、噂じゃ専務の姪《めい》らしいじゃない。縁故《えんこ》入社でしょ？　仕事できるの？」

恐らく私と同年代の女性二人組が、コーヒーを持ちながら近くの椅子に座った。訊《き》かれた相手は、コーヒーフレッシュとガムシロップを何個も投入している。どう見ても甘すぎでしょ、それ。

「うーん……、なんていうか、世の中をなめてる？　って感じかな。教えてもメモとらないし、聞いてるのかいないのかわからないし、仕事任せたら一応やってはくれるけど、言われたことしかしないし、最後まで責任を取らないというか」

「で、気づいたら帰ってたりするの？　できなかった言い訳はうまいんでしょ」

言われた女性は苦笑気味に返した。

「見た目は可愛いし毎日気合いの入った服で来るし、縁故入社だから周りも気を遣うでしょ。ぶっちゃけ、扱いが面倒」

「あんた先輩なんだから、びしっと言うべきところは言うのよ？」

思わず私も頷いてしまう。

縁故入社はね～、私の一存でどうこうできるもんじゃないのよねぇ。

「まさか専務の姪ってことを、笠に着てるの？」

「いや、まだそこまでは。でも明らかに将来のお婿《むこ》さん探しなのはバレバレよね」

と、こういうお嬢さんも少なからずいるのよ。まあ、それは彼女に限ったことじゃないが。

面接なしでうちの会社に就職した私が言うのもなんだけど、正直コネとか縁故で入社するのって面倒じゃない？　だって自由ないのよ？

自分の行動が身内の評価にまで関係したり、過大に目をかけられたり気にされたりとか。面倒だらけだと思う。私だって祖父の命令がなければ、絶対に嫌だった。

楽して就職できるなんて大間違いなのになぁ、なんてことを思っていたら、彼女たちの話には続きがあった。

「ってかこの前彼女から訊《き》かれたんだけど。社長秘書の早乙女さんって、社長と付き合ってるのかって」

「は？」

「（は？）」

恐らく声に出していたら、この呟《つぶや》きはハモッていただろう。

「その子、早乙女さん狙いなの？　無理無理！　あの人社長しか見てないじゃん」

「だよね〜。やめておけって一応注意しておいたけど、でも肝心の社長がよくわからないじゃない」

え、私？

ドキン、と心臓が跳ねた。一瞬で緊張感が高まる。

「ああ、そうっぽいね。早乙女さんは騎士っていうか、従者っていうか、主《あるじ》一筋でしょう？　ずっと前から。そこに恋愛感情が入っててもおかしくないけど、社長のほうが今ひとつわからないって言われてるわよね。態度に甘さがないし、そっけないから」

「実際あの二人ってどんな関係なのかしらねぇ」

飲み終わったカップを捨てて、彼女たちは去って行った。

私はというと、無言でその場に固まっている。

「……前みたく否定できないわ……」

ただの上司と部下、社長と秘書よ。

そう言えたのは、身体の関係を持つ前までだ。

キスだってアウトなのに、早乙女にいたっては私にプロポーズまでしている——断っているけれど。

「早乙女は、前から私一筋……？」

そういえば、あの男がいつから私を好きだったのか、聞いたことがなかった。

前からとは、いつを指すのか。

そしてそんなに周囲には、気持ちが筒抜けなのか。

私も気をつけねばという思いを胸に、飲み終わったカップを捨てた。

❀

十一月も半ばに入り、寒さが一段と厳しくなった。

お正月特集号の社内報のインタビューを受けたり、写真を撮られたりなど、毎年恒例の行事が終わったある日。

私は何故か、早乙女の自宅に招かれていた。

「お邪魔します。……って、あまり生活感のない部屋ね」

「帰って寝るだけなので。ですが書斎《しょさい》代わりの部屋はそれなりにもので溢《あふ》れてますよ」

どんな忍者屋敷に住んでいるのかと思えば、意外にも普通のマンションで拍子抜けした。高層マンションでも、デザイナーズマンションでもない、単身者向けの部屋。

けれど、間取りは２ＬＤＫ。ひとり暮らしには十分な広さである。

今宵《こよい》は花の金曜日。恋人たちのデートには絶好の日だ。オシャレなレストランは予約でいっぱいかもしれない。

だからといって、仕事終わりに珍しく積極的になった早乙女から、家に呼ばれるなんて驚きだった。

これからどんなアプローチがあるのかと考えると、ワクワクするわ。

「リビングのソファに座っていてください。コートはこちらで預かります」

「ええ、ありがとう」

渡したトレンチコートをテキパキとハンガーにかけてラックに吊るし、彼は一言「少し失礼します」と述べてから姿を消した。

「着替えにでも行ったのかしら」

私もスーツのジャケットを脱いで、ブラウス姿になる。

よく考えれば、嫁いだ友人以外の一般家庭……というか男性の部屋に入るのって、はじめてかもしれない。

窓に普通の街並みが映る、マンションの室内。角部屋で、日当たりは良好そうだ。

最低限の家具が置かれているリビングには、四人掛けのダイニングテーブル、テレビ、ローテーブルにソファ。雑誌などが置かれているわけでもなく、とてもすっきりしてて、むしろ殺風景な部屋。唯一観葉植物があるのがいいところかしら。

「なんだかとても、新鮮ね……。見る機会ないし、こういう一般的な部屋って」

恐らく私は、他の人からしてみれば、とても世間知らずだろう。なにせ、飛行機と新幹線以外の公共の乗り物に乗ったことがない。

近距離の移動は、基本的に車だ。今日はちゃんと、うちの運転手に迎えはいらないと告げていた。

「お待たせしました。お腹空《す》いていませんか」

手早く着替えてきた彼は、Vネックのニットのカットソーに、黒いズボンを穿《は》いている。

ラフな格好ってほとんど見ないから、これもやっぱり不思議な気分だ。

「少し空いてきたけど、空腹で倒れそうなほどじゃないから大丈夫よ」

「しばしテレビでも見ていてください。すぐに準備しますので」

キッチンで動く男は、手際よく包丁を操《あやつ》っている。トントンとまな板を叩いているのが音でわかった。

「あの、早乙女？　早乙女ー」

呼んでも返事が来ないのは珍しい。

どうやら集中しているようなので、私は口をつぐんだ。

あの男、料理までできるのか。

どれくらいの腕前があるか、お手並み拝見といこうじゃないの。

こげ茶色の革張りのソファに座ってテレビを眺めていたら、段々いい匂いが漂《ただよ》ってきた。

予想以上に手早く料理を終えた彼は、二人分のテーブルセッティングをして、私用の椅子を引く。

「こちらにおかけください」

「早いわね、ありがとう」

いろんな匂いがまざっているけれど、全部に食欲を刺激される。

なにが出てくるのかと思えば――

「……お子様ランチ？」

「大人用にアレンジしましたが」

赤いチェック柄のランチョンマットの上に、白いプレートが置かれた。よくホテルのビュッフェで使うような、シンプルなやつだ。

そこはたくさんの食べ物で、賑《にぎ》やかに埋め尽くされている。

「オムライス、ハンバーグ、エビフライ、明太《めんたい》パスタ、アボカドのサラダ、あとこれはラタトゥイユ？」

サラダとラタトゥイユは、別容器に入っている。ガラスの容器に入れられ、色鮮やかだ。

オムライスには丁寧に旗まで刺さっていて唖然《あぜん》としつつ、つい頬が緩んでしまった。って、喜んでいると思われるのはなんとなく癪《しゃく》なので、すぐに顔を引き締めたけど。

「これ、どういうチョイス？」

「お気に召しませんでしたか？　私はてっきり、櫻子さまは子供時代にお子様ランチを食べる機会がなかったのではと思っていましたが」

「……食べたことないって言った？　まあ、ないけれど」

「以前とあるレストランの前を通りかかったとき、ディスプレイのお子様ランチを数秒ほど眺めていましたので」

……どんだけ観察眼が鋭いんだ。

そして全部バレているのがムカつくわ。

「祖父に連れられて行くレストランは、大衆向けじゃないから。子供が好むメニューなんてなかったわ」

鷹司家の直系は、私たち二人だけだ。

セキュリティが万全じゃない場所での食事はできないし、外食したとしても基本個室があるところのみ。また、外に出る場合は護衛がつくから、必要がない限り必然的に自宅で食事をとる。

自分の周りも同じような子供ばかりだったので、それが特別だと思わなかったけれど。社会に出て視野が広がると、一般的な子供が慣れ親しんだものと縁がなかったのだと気づいた。

「さあ、冷めないうちに食べましょう」

と言って、早乙女も自分用のをキッチンから持ってきた。

「あ！　旗ないわよ」

「私はいいんです」

「じゃあなんで私のだけ旗立ってるのよ」

「お子様ランチに旗はつきものです」

ピッと抜き取った旗を指先でつまみ、しげしげと見つめる。

どうってことないシンプルな白の紙には、中央に黄色の星マークがついていた。

これがあるとないとじゃ、確かにイメージが変わる。

子供扱いされている気がしたけれど、不思議と嫌じゃなかった。むしろわざわざこのために早乙女が買ってきたのかと想像して、自然と笑ってしまう。

「……おいしい。ラタトゥイユは前日から仕込むとして、その他は全部今作ったの？　この短時間で？」

所要時間は一時間も経っていない。どんだけ手早いんだ。

「いいえ、全部前日に下ごしらえは終えていたので。一から作ったのはサラダくらいでしょうか」

準備万端だったってことは、今日私を連れ込む気でいたってことね。

私のスケジュールは全部把握されている。プライベートなものも含め、よっぽどのものでない限り、早乙女も知っているのだ。

仕事の急用が入ることも多々あるから、遠出の予定を知らせないわけにもいかない。

まあ、休日は大抵屋敷でゆっくりしていることが多いし、平日も直帰なわけだから、いつも退社後は予定がないと言えばないんだけど。

なんだか私、もう少し趣味の時間を持つべきな気がしてきたわ。

薄焼きの玉子で綺麗に包まれたオムライスの中は、チキンライスだった。実家のシェフが作るのは、とろとろのオムライスだから、これまた新鮮だ。

「あなた、本当に器用ね。玉子で綺麗に包むのって難しいんじゃないの？」

「ありがとうございます、昔から作っているので得意なんですよ」

小さく笑った早乙女の過去が、少し垣間見えた。

私の胃袋のサイズに合わせた量だけど、それでもボリュームたっぷりだった大人用お子様ランチ。ちょっと食べすぎだ。

見た目通り全部おいしいなんて。本当になんでもできる男で、スペックが高すぎる。

「毎日自炊してるの？」

「ええ、できるだけ」

「毎日大人のお子様ランチを？」

カロリー高そうね。

「普段は滅多に洋食を作りません。私が作るのは全体的に茶色いものばかりです」

このデカい図体は、カレーやシチュー、ハンバーグなどで形成されたものなのかと思いきや。意外にも、彼は純和食派だった。

「煮物やお味噌汁《みそしる》とか？」

「自家製のぬか床《どこ》と味噌もあります」

田舎《いなか》のおばあちゃん家みたいだ。って、私に祖母はいないのだけど。

早乙女が漬けたぬか漬けに興味がわいた。食べてみたいと言う前に、心の機微に敏《さと》い彼から尋ねられる。

「口直しにいかがですか？」

「ぜひいただくわ」

「少しお待ちください」と早乙女がキッチンに消えた。ほどなくして、彼は戻ってきた。

和風の器《うつわ》にのせられたのは、色鮮やかなぬか漬けの野菜たち。

胡瓜《きゅうり》、茄子《なす》、人参《にんじん》、大根《だいこん》。どれもお漬物の定番だ。

「白菜《はくさい》の浅漬けもよろしかったら」

「至れり尽くせりね！」

フォークとナイフから一転、塗り箸を手渡される。

「いただきます」

まずは、と、胡瓜と大根、それと白菜の浅漬けをいただく。

「お、おいしい……」

「それはよかったです」

もはやもう、私にはなにが普通なのかわからなくなってきた。

三十代の成人男性は、普通自分のぬか床《どこ》を持っているものなの？

料理が趣味の男性はたくさんいるだろうけど、お漬物までってどうなのだ。

ポリポリと全種類を制覇する。クセになりそうな味で困るわ。

「ごちそうさま、おいしかったわ」

「こちらこそ、完食ありがとうございます」

「もう、普段はこんなに食べないのに！　あなたの料理がおいしすぎてムカつく」

八つ当たり気味にぼやけば、苦笑した早乙女が食後のコーヒーを持ってきた。そしてさらに、キッチンから今度は小さなプレートが運ばれる。

「デザートも用意しているのですが」

「デザート？」

空いた食器が片づけられたランチョンマットの上に置かれたのは、プリンアラモード。プリンの周りに、一口サイズのフルーツが盛りつけられている。

「お子様ランチのデザートと言えば、プリンですので」

「……いただくわ」

これは別腹だ。プリンが好きだから食べるわけではない。デザートは別腹なのだ。

薄く切った林檎《りんご》や苺《いちご》を食べてから、中央のプリンをすくう。

苦味と甘味のあるカラメルソースを絡めて、カスタードプリンをぱくり。

口の中で蕩《とろ》ける食感に、顔がほころんだ。

「これも凄《すご》くおいしい」

「それはよかったです」

普段無表情で口数の少ない寡黙《かもく》な男が微笑む瞬間は、とても貴重だ。そんなレアな現場に居合わせているのも、不思議な気分。

ずい分と早乙女は表情が豊かになったわね、なんて思いながら、結局プリンアラモードも完食してしまった。おいしすぎるのも憎たらしい。

ブラックコーヒーで口の中の甘さを中和させ、一息ついた。

「あなたどれだけ引き出し隠し持ってるの。さっさと全部見せなさい」

「十分見せていると思いますが」

「まだまだ隠してるはずよ。さあ、吐け！」

「新手のヤクザですか」

軽口の応酬をしていたら、早乙女は「母子家庭だったので、料理は必然的に身についたんですよ」と説明した。

「プリンは母が得意だったんです。子供向けから大人用まで、カラメルソースの甘さを変えて、時折作ってくれましたね」

「お母様の得意料理だったの。どうりでレシピ見てはじめて作ったって感じじゃなかったわ」

はじめて聞かされた家庭環境は予想外だったが、引き出しの多さの理由としては納得できた。母子家庭だったのなら、彼も子供の頃から苦労してきたのだろう。苦さと甘さのハーモニーは絶妙だった。滑《なめ》らかなカスタードプリンととてもよくマッチしていて。

ふと、今の状況を彼の母親が知ったらどう思うだろうかと、考えた。

母親からしてみれば、私は息子を誑《たぶら》かすとんでもない悪女だ。

結婚は当人同士の問題だけではない。相手の家族や親戚まで関わってくる。家族同士の繋がりができるのだから、よく考えもせずにするものではないはずだ。

私が結婚に対して人の何倍も慎重になるのは、面倒な家柄というだけでなく、単純に私が「夫婦」というものを知らないからという理由もある。

一番身近な手本を、私は物心つく前に亡くしている。両親の顔も覚えていないし、気づいたときには身内は祖父しかいなかった。

結婚の概念というものが希薄になるのも、恐らく根本的には両親を知らずに育ったことが影響している。

「お母様は今どちらにお住まいなの？」

彼がどこの生まれなのかも、私は知らない。

「母は私が高校生のときに他界しております」

「……そう、あなたも苦労してきたのね」

身内が亡くなっていると知ると、聞いた相手は言葉に詰まる。過剰な反応をされるのも困るんだけど、下手な慰めの言葉は私には不要だったので、彼に対しても謝罪はせずに、正直な感想を述べた。

「いえ、それほどでも。父親に引き取られましたので」

詳しく聞けば、どうやら彼には異母兄がいるんだとか。

なかなか複雑な家庭環境の中で育ったらしい。

「私と結婚してくださったら、いつでもぬか漬けもプリンも食べられますよ」

「そう、残念ね。今のうちに味わっておけてよかったわ」

つれない反応を返す私に、早乙女は苦笑した。

「胃袋からあなたを籠絡《ろうらく》しようとしたのですが、うまくいきませんね」

「そんなことないわよ？　あなたの料理、とってもおいしかった。きっと離乳食も手作りのを作ってくれるんだろうなとまで思わせてくれるほどに」

自分で言っていて、本当にそんな気がしてきた。この器用さとマメさは、いい主夫になる。

「それはもちろん、お望みとあれば離乳食でもなんでも作りますよ」

「ありがとう。でも残念なことに、まだコウノトリは来てないのよね」

はじめて彼と結ばれてから、定期的に月のものがやってきていた。

乱れがちだったのに、急に毎月ピッタリ来るなんて、ホルモンのバランスが整ったのかしら。

セックスすると肌の調子がよくなるとか女性ホルモンの分泌が活性化されるとか聞いたことはあったけど、どうやら都市伝説ではなかったらしい。

先ほどまでのカジュアルな雰囲気に、探り合いがまじる。

目線のみで会話が成立する、どこか熱を孕《はら》んだ空気。

身じろぎせずにじっとしていたが、先に声をかけたのは私だった。

「ねえ、旭。今日は泊まっていっていいんでしょう？」

お互いお酒は飲んでいない。早乙女はもしもの場合にいつでも私を送り届けられるよう、飲酒をしないでいたのだろう。

けれど、そんな心配は無用だった。彼も私が泊まる可能性を、十分わかっていたはず。

視線が交差し、一拍後。早乙女が薄く艶《つや》を帯びた微笑を浮かべた。

「ええ、もちろんです。お望みとあれば、何泊でも」

「まあ、素敵。じゃあ着替えを貸してくださる？」

「私のでよろしければ」

「あなた以外の他人の服なんて、着たくないわ」

低く腰に響く早乙女のバリトンが、私の官能を引きずり出す。

空気が動き、腰を抱かれ、気づけばソファに移動させられていた。

「お酒は飲まれますか？」

「旭は飲みたいの？」

「私は素面《しらふ》のままであなたを味わいたい」

「なら私もいらないわ」

三人掛けのソファの中央に座る彼の上に横向きで座り直し、身体を密着させる。

漆黒の双眸《そうぼう》に宿る情欲の炎を感じ取れば、私も自然と口角を上げていた。

すっと頬の輪郭を指先で撫でる。ざらついた顎《あご》や頬には、夕方をすぎて少しだけ伸びた髭《ひげ》の感触が感じられた。

屋敷に仕えている使用人には、父親世代の男性もいる。けれど、基本的にスキンシップを取れる異性が私の周りにはいなかった。掌《てのひら》で髭《ひげ》の感触を楽しむのも、これがはじめて。

「ふふ、少しチクチクする」

「お嫌ですか」

「いいえ？　好きよ。早乙女旭を構成するものは全部好き」

早乙女の目尻が僅《わず》かに赤く染まる。私の腰に回していた片腕に、ぐっと力が入った。

私たちの関係に名前をつけるとしたら、一体なんなのだろうか。

一番はじめに疑問に思うべきことを、今さらながらに気づく。

身体の関係ができてからは、単なる上司と部下ではないはず。まあ、早乙女の主は祖父なのだから、私は本来的には上司ですらないのかもしれないけど。

「プロポーズをしてくれている相手と、それを断り続ける私は、どういう関係なのかしらね？」

肉体だけなら、セフレと呼べる。だけどセフレには恋愛感情などの情愛はない気がした。

彼は私を好いている。私も早乙女の遺伝子が好き。

それなら私たちは、なんなのだろう？

——雇い主の孫娘。もしかしたらそれが一番適切な名前かもしれない。

そんなことを思ったところで、僅かに柳眉《りゅうび》を寄せた彼が、意味がわからないという風な視線をよこす。

「恋人同士ではないのですか？」

「恋人？」

きょとんと言い返した私の台詞《せりふ》が癪《しゃく》に障ったのだろう。

一瞬で、早乙女が不穏な気配を漂《ただよ》わせた。

「……少なくとも、私はあなたの恋人でいるつもりでしたが。櫻子さまは恋人でもない男性と、平気で寝られるのですか」

「無理」

きっぱりと断言し、気づく。

そうか、世間一般的には私たちは恋人同士だったのね。

順序を守らない関係は、色恋の初心者には難しい。相手が感じていることが自分と同じかどうか、経験が乏《とぼ》しすぎてわからない。

でも、結婚するつもりがないのに、彼の恋人を名乗っていていいのだろうか。早乙女の年齢で恋人を紹介すれば、周囲は結婚を前提とした付き合いだと認識しそう。将来の約束をできないのに恋人を名乗るのは少し憚《はばか》られる。

けれど……人は人、私は私。大多数の人間と同じことをしなければいけない法律はない。

早乙女が恋人と言うのなら、それでいいのだ。

自問自答の末ひとりで納得すると、じわじわと頬が紅潮した。思わず早乙女の胸に顔を埋《うず》める。

「ふふ、そう。私たち、恋人なの」

照れくさくて甘酸っぱい響きが胸をくすぐる。きっと、なにを今さらと彼は呆《あき》れているだろう。

背に流れる髪を撫でる手が、背中にも回った。

「残念ながら未来は約束してもらえていませんが、それはいずれ。私は恋人のままで我慢をする気はありませんので」

「私は十分満足だわ」

結婚したい男と、したくない女。

二人の要求は、いつも平行線だ。

けれど、触れる熱はとても熱い。

たとえ未来の約束ができなくても、お互いがお互いを求めている。それが確認できるだけで、私には十分だった。

近づく唇に言葉はいらない。見つめ合い、探り合い、はじめは軽く触れるだけ。

相手の体温を感じるよりも早く一瞬で離れた熱を、次は瞼《まぶた》を閉じてもう一度味わう。

唇の輪郭を相手の唇でなぞられる感触に、肌が粟立《あわだ》つ。

「ふ……っ、ん」

唾液が唇を濡らし、薄く開いた唇に舌が差し込まれた。

粘膜をこすられる感触が快感を高める行為だなんて、昔は信じられなかったのに。

今ではすっかり、早乙女から与えられる熱を心地よく感じている。

歯列を割られ、お互いの舌を絡め合う。耳に届く唾液音が静かな室内に響き、淫靡《いんび》な空気を醸《かも》し出した。

「あ……、んぅ、ふぁっ……」

腰に回されていた腕が背中を撫で、腰のくびれにうつる。ゆっくりと上下に撫でられると、身体の奥から震えが走った。

「あ、旭……」

唾液に塗《まみ》れたお互いの唇が濡れている。銀色の糸が引くのを見て、少々羞恥《しゅうち》がわいた。

かさついた親指で丁寧に唇を拭《ぬぐ》われ、あまつさえ彼はぺろりとその指を舐めた。

エロスなモードになった早乙女のフェロモンは、言葉で表現しきれない破壊力を持っている。

すっと妖《あや》しく目を眇《すが》め、流し目をよこす姿は、彼のファンでなくても鼻血が出そうだ。

「ものほしそうな顔をされていますね」

耳に唇を寄せて、耳殻《じかく》を食《は》まれた。くちゅりと舌が耳の中を舐める。

「あっ、やぁ……！」

「あなたは耳も弱いのでしたね」

丁寧に耳を愛撫《あいぶ》しながら、そんなところで喋《しゃべ》らないでほしい。もしかしたら私が感じるように、わざとなのか。

……攻められるだけなのは、性に合わない。

経験がなかったため、これまでは受け身にならざるを得なかったけれど。

今はまったくの未経験者ではない。

横向きに早乙女の膝に座っていた体勢を変え、彼と向かい合わせで跨《また》がった。

スーツのスカートが太ももの際どいところまであがり、ガーターベルトとストッキングが見えている。でも私は気にならない。気にするのは、早乙女のほうだろう。

プチプチと、ブラウスの第三ボタンまで自分で外し、髪をかきあげる。

相手に脱がれるのと自分で脱がすのだと、どちらがこの男の好みなのか。途中まで誘導したら、わかるのかしら？

挑発するような視線を向け、男の劣情《れつじょう》を煽《あお》ってみる。

「あなたばかりずるいわ。私だって旭に触れたいのに」

そう告げた直後、鍛《きた》え上げられた首筋から肩のラインをすっと指先でなぞる。

彼の肩がピクリと小さく反応を示した。

ゆったりとしたニットのカットソーの襟からはセクシーな首と、鎖骨がチラリと見える。今度は舌先で、ゆっくりと首筋を舐めた。

「っ……」

時折「チュッ」とリップ音を奏《かな》でて、わざときつく吸いつく。

赤い鬱血痕《キスマーク》が綺麗につくと、得も言われぬ満足感が胸に満ちた。

そのまま唇をスライドさせて、くっきり浮き上がった鎖骨を舐めて、同じく赤い花を散らした。

「櫻子さま」

切なげな吐息を漏らす早乙女の反応に、子宮がキュンと疼《うず》く。

身体の奥からじわりとしたなにかが溢《あふ》れる感覚。どうやら求めているものに触れ、私は興奮しているらしい。

「なぁに？　旭」

カットソーの裾から手を侵入させ、彼のお腹に触れた。鍛えられた肉体は、服越しからでも腹筋の硬さがわかったけれど、直《じか》に触れればより感じられる。

「これ、脱がせてもいいわよね」

了承の意を得るよりも先に、両手で裾をめくり上げた。好きにさせてくれるのか、早乙女は抵抗ひとつ見せない。脱がせやすいように腕を上げて、それはあっさりソファの端に落ちた。

「あまりじろじろ見られると、照れるのですが」

「何故？　こんなに美しいのに」

うっとりと見つめれば、少し困り顔が。

だけどその瞳の奥には確かな情欲が宿り、双眸《そうぼう》はしっとりと濡れている。

私は特別男性の肉体に興味があるわけではなかった。筋肉美なんて、知らなくていいジャンルだと、今でも思っている。それなのに、均整のとれた早乙女の身体は文句なしに綺麗で、惚《ほ》れ惚《ぼ》れする。

「首から鎖骨がとってもセクシーで、噛みつきたくなるわ。逞《たくま》しい上腕二頭筋も、厚い胸板も、綺麗に割れた腹筋も。あなたに触れるのは、私だけ」

上から順番に手でなぞる。肩から胸、そしてお腹へと。

「早乙女旭の精悍《せいかん》で男らしく整った顔が好き。魅惑的な低音の声を出す喉が好き。私を抱きしめてくれる逞しい腕が好き」

私が興奮しているのと同じくらい、彼の官能も高められたらいい。どう足掻《あが》いたって、経験値の差は埋まらない。惚《ほ》れた相手の誘惑に、彼が完全に乗ってくれるとも限らない。

当初約束していた〝誘惑の条件〟を、今宵《こよい》は問題なくクリアしている。ここ数日は天候がおかしかったが、ようやく昨日から雲が晴れたのだ。外には綺麗な月が輝いているはず。恐らく彼もあらかじめそれを知って、私を自宅へ招いたのだろう。まあ早乙女からならいつでも口説《くど》けるんだけど。

「……私が好きなら、何故未来まで求めてくださらないのですか」

切なげに告げられた台詞《せりふ》は、ため息まじり。眉間に皺《しわ》を寄せ、苦悩に耐える男の顔に胸の奥がぞくりと疼《うず》く。

私は自分で思っていた以上に悪女だったらしい。悩ましげな吐息を漏らす早乙女を見て思った。

「母親は、健康な肉体を持っていればなれるわ。でも、妻になれる気が私にはしないのよ」

子供は身体的な条件次第で産める。でも、誰かの伴侶になれる自信が私にはなかった。そこは肉体面ではなく、気持ちの問題。

私は自由がいいと言いながら、実際のところ、誰かひとりと向き合う勇気が持てないのだ。

もし、愛した人に裏切られでもしたら――。きっとすべての虚勢《きょせい》が剥《は》がれ落ちて、立ち上がれなくなるから。

夫婦がなにか、私にはわからない。でも、大切な存在であろうことは想像できる。

私はとても臆病な人間だから、大切な人がいなくなるのを恐れている。

失うのが嫌だったら、はじめから結婚なんてしなければいいだけだ。

恋人同士という甘やかな響きのほうが、断然心地がいい。

「家族はほしいけど、家庭は持ちたくないの。最低でしょ？」

あなたにそんな痛ましい表情《かお》をさせる女なんて、本当は相応《ふさわ》しくない。

早乙女の優しさにつけ込む、利己的で浅ましく、自分勝手で傲慢《ごうまん》な女。

自分でも嫌になるほど、鷹司櫻子という女は他人を容易に振り回す。……嫌な女だ。

「私とともに生きるのは、怖いことですか？」

真剣な眼差《まなざ》しに貫かれたまま、私は小さく微笑んだ。

「ええ、怖いわ。心の奥まで欲した相手が、いつかいなくなるかもしれないと思うのは」

神様じゃない限り、未来はわからない。

心変わりをしない人間なんて存在しないし、不変を信じる人間もいない。

一寸先は闇という言葉は、まさしくその通りだ。いつなにが起こるか、誰にも予測できないのだから。

「あなたがなにを怯《おび》えているのか、私にもわかります。私の母も、事故で突然いなくなりましたので。ですが、失うことを前提に考えるとは、あなたらしくない。私の知っている〝鷹司櫻子〟は、もっと大胆で強気で、常に前を見据えている女性だったはずですが？」

「ええ、その通りよ。それが本来の私。そしてこっちも同じく私の一部。私は仮面を被り続けて、毎日出社しているの。さながら会社は舞踏会の会場かしら。終わらない仮面舞踏会で不敵に微笑み、クルクル踊り続けている。周りに見下されないように、虚勢《きょせい》を張りながら。仮面の下に、本音を隠して」

「私はもっと、あなたに甘えられたいのです」

彼はずい分難しいことを言う。

「甘え方なんて、わからないわ」

親代わりの使用人はいるけど、彼らとの間にも、必ず壁はあった。越えてはいけない線があるから、幼い頃であっても、存分に誰かに甘えたり、甘やかされた記憶がない。

早乙女は素肌の自分の胸に、ギュッと私を閉じ込める。

「わからないのなら、これから徐々に教えて差し上げます。ですから、そんな悲しいことを平然と言ってはいけません。いいですね？」

幼子に言い聞かせるように告げた早乙女は、私が頷いたのを確認すると、安堵《あんど》の色を浮かべた。

この人は、いつから私をそういう目で見ていたのだろう？

慈《いつく》しみを秘めた眼差《まなざ》しは、ここ数ヶ月で培《つちか》われたものにしては年季が入っている。

兄のような、親戚のお兄さんのような、そんな親愛や情愛を感じる。

でも彼と子供の頃から面識があるわけでも、血縁関係があるわけでもないし……

「あなた、私が知らないだけで、うちの血縁者だったりするの？」

「はい？」

突拍子もないことを言ったようだが、察しのいい早乙女はすぐに私の意図に気づいたらしい。

「いいえ、違いますよ。あなたの記憶通り、五年前のあの日が初対面です」

「そう。なら、いつから私を好きだったの？」

「……」

直球で尋ねれば、早乙女は声を詰まらせた。ほんのりと耳が赤い。

少し攻めの余裕を取り戻した私は、ここぞとばかりに顔を寄せて耳元で囁《ささや》く。

「旭？　教えて」

ソファの上で彼を跨《また》ぎながら膝立ちになる。両側の頬に手を当てて、ぐいっと彼の顔を上げた。

早乙女は視線を泳がせたが、こうなれば私は引かないと観念したのだろう。

小さく嘆息し、膝立ちで不安定な体勢の私の腰に腕を回した。

「……あまり明確な日付はわかりませんが、あなたのもとで仕事を始めてから二年が経った頃でしょうか。はじめから意識はしていたんだと思います。でも、どちらかというと、どう接していいかわからない戸惑いのほうが、最初は大きくて」

「いきなりポッと出のお嬢様が大企業の社長に就任なんて、そりゃ戸惑うわよね。扱い方がわからないと思われても当然だわ」

すとん、と再び膝の上に腰を下ろす。そして彼に抱き着き、続きを促《うなが》した。

「深窓の令嬢かと思っていたのですが、あなたは会長が仰《おっしゃ》っていたように、普通のステレオタイプなお嬢様ではなかった。大胆で豪快で、自信に溢《あふ》れた強い眼差しに惹《ひ》かれる者は、今まで大勢いたでしょう」

「買いかぶりすぎだわ。トラブルメーカーしか近寄ってこなかったもの」

主に変態とか、ストーカー気質のある男とか。そして全員金持ちで権力アリだったけどね。

「過去のことも存じております。ですから余計に、気を配るべきだと。男性恐怖症に陥《おちい》っていてもおかしくはないのですから」

「恐怖症まではいかなかったけど、不信にはなっていたわよ」

適温に保っている室内は十分温かいけれど、上半身裸では寒いだろう。熱をわけられたらと、早乙女の腕や胸を掌《てのひら》で撫でていく。

少し呼吸が乱れた彼は、困り顔で私を見下ろした。

「……あまり、煽《あお》らないでくれますか。十分拷問なのですが」

「私に触れられるのは嫌い？」

意地の悪い質問。彼が嫌いと言うはずがないのを知りながら訊《き》いている。

「……そういう相手を挑発して煽るところも、無謀《むぼう》で危なっかしくって、見ていられない。そして確実に結果はもぎ取ってくる。ええ、気づいたらあなたの行動から目が離せなくなっていたのですよ。傍《そば》にいないと落ち着かなくて、どうしようもなく不安になります。私には考えつかないことを次々としでかすのですから」

彼の手がブラウスのボタンにのびる。中に着ていたキャミソールを脱がされ、ブラのホックが外された。スカートの後ろのファスナーが下ろされる。

白の、シンプルながら繊細なレースが美しい乙女チックな下着は、攻めの姿勢の私にはミスマッチだろう。

だけどこのアンバランスなギャップは、男心をくすぐりそう。私はなにも、セクシーな下着しかつけないわけではない。

かろうじてブラのストラップとカップが胸に引っかかった状態で、早乙女を見つめる。最後まで脱がしてくれるのか、それとも私が脱ぐべきなのか。

その判断は男性に委《ゆだ》ねたほうが、ここはいいだろう。経験値がまだ足りない私には、判断できないから。

彼が大きな手で私の肩を掴み、そっと撫でる。硬い皮膚の感触に意識が集中し、もっと全身を撫でられてみたくなった。

「焦《じ》らしてるの？　それとも、そういうプレイ？」

ストラップが肘《ひじ》まで落ちて、カップから乳房がふるりと零《こぼ》れる。

肩に置かれていた手をそっと握り、胸に触れさせた。彼の手が当たると、次第に胸の頂《いただ》きも存在を主張する。

「男を誘惑する術《すべ》は、どこで学んだのですか」

吐息まじりにぼやく声が艶《なま》めかしい。

隠しもしない私への劣情《れつじょう》に、身体の中から熱い火照《ほて》りが再発した。

意志を持って、不埒《ふらち》な手は私の胸を弄《いじ》る。彼の手のサイズにピッタリな大きさの胸だ。

「自己流よ？　マニュアル本なんて必要ないでしょう。私の相手はあなたなのだから」

一般人男性を誘惑したって無意味だ。このハイスペックな男と、その他大勢の人間を比べるほうが間違っている。

教本のひとつとして、ちょっとエッチなコミックスや雑誌のセックス特集を読んだことはあるけれど、あくまで知識のひとつ。早乙女旭の攻略本ではない。

電気がついた明るいリビングで、上半身裸の男女がソファの上で向き合う目的はひとつ。

私は跨《また》がっていた脚をそろえて彼の膝に横座りし、スカートを床に落とした。

「清純な白はお嫌い？」

上目遣いでくすりと笑いかければ、早乙女の内に宿る獣《けもの》が目を覚ます。

「あなたの白い肌に白い下着はよく似合う」

色香まじる声で答えた早乙女の目からは、捕食者の光が放たれていた。

「清純派が好きなら、次も着てくるわ」

了承か、楽しみにしているという意味か。貪《むさぼ》られるような口づけに、呼吸が奪われた。

零《こぼ》れる吐息すら漏らさない。すべて吸い込み、己《おのれ》のものにする情熱的なキス。

火照《ほて》った身体がさらに熱を高め、快楽の炎が勢いを増す。

肉厚な舌を絡めるだけでは物足りない。お互いの唾液を飲んで飲ませても、身体の奥から相手を渇望《かつぼう》する。

「んっ……ふぁ、旭……」

胸を包んだ手が、淫《みだ》らな動きを見せる。卑猥《ひわい》な形に変形させ、人差し指と中指の間に胸の飾りを挟みこすられた。

硬く敏感に彼の手の中で主張するそこが、じくじくと疼《うず》く。

強く触られたくて、つまんでほしくて――

キスの動きは止めないまま、彼は指の腹でぐるりと乳輪を一撫でした。

たまらず甘やかな嬌声《きょうせい》が口から零れる。

「ふぅ、んん……ッ」

「手に吸いつく肌は、どこも極上で甘そうですね」

「あ、味なんて、しない、わ」

「いいえ、します」

一拍後、首筋に顔を埋《うず》めた早乙女は、私の首を舐めた。

「ひゃあっ！」

ざらりとした舌の感触が唐突すぎて、過敏に身体が反応してしまう。

「ほら、やはり甘い」

ぺろりと唇を舌なめずりしたこの男の姿は、ひどく野性的で、大型の肉食獣を彷彿《ほうふつ》とさせる。

しなやかで無駄のない体躯《たいく》。でもネコ科というよりは、イメージ的には犬で、日本の獣。そう、絶滅したニホンオオカミみたい。

くりくりと、乳首を執拗《しつよう》に刺激される。完全にスイッチの入った早乙女の自由にされるのは癪《しゃく》なので、私もいい加減辛《つら》いであろう彼の分身を、そっとズボンの上から撫でた。

「ッ……」

「……窮屈《きゅうくつ》そう」

腰の位置をずらし、早乙女のベルトのバックルを外す。

慌てた気配と、「なにを」という制止の声を流して、ジッパーを下げた。

黒のボクサーパンツから飛び出た男性器は、隆々《りゅうりゅう》と立ち上がっている。

赤黒くてグロテスクなのに、自分から触れてみたい衝動に駆られた。こわごわ、という内心を隠し、手をのばす。

「熱い……あ、ぴくりと震えたわ」

血管が浮き出た、別の生き物に見える。

切なげな吐息を零《こぼ》す早乙女は、堪《こら》えるような目で私をじっと見下ろした。

「こんなもの、明るい部屋で見るものではありません」

「何故？　私は見たいわ」

間近でペニスを見る機会なんてはじめてで、本音を言えば刺激が強いが、好奇心もわく。恥ずかしい気持ちはありつつも、早乙女のものだと思うと嫌悪感《けんおかん》はみじんもなかった。

硬くて太くて長さのあるこれが、本当に私の中に入ったのか。

女体の神秘だ。人体とは柔軟にできているらしい。

片手だけでは無理なので、両手を使い上下に軽くしごく。じわりと先走りの透明な液が滲《にじ》み、早乙女が興奮してくれていることが窺《うかが》えた。

「少し、悪戯《いたずら》がすぎるのでは？　もうお放しください」

「ダメ。だって私があなたを抱きたいんだもの」

下肢を弄《いじ》られてはいないのに、どうやらキスと胸の愛撫《あいぶ》、そして彼のペニスを握っていたら、私も十分欲情していたようだ。

秘部に貼りついたショーツが濡れて気持ち悪い。

じゅわ、と中から愛液が分泌される。

まだ片手で数えるほどしか身体を重ねていないけど、もの覚えがいいのは頭だけではなく、身体もだったらしい。

彼に触れられると感じるなんて、私はずい分本能に従順だ。今まで性欲なんてないものだと思っていたのに、えらい進歩。

「困ったお嬢様だ」

早乙女の手が、両サイドを結んでいたショーツの紐の片側へのび、結び目をはらりと解く。

水分を含んで若干《じゃっかん》重く、冷たくなったショーツが床の上に落とされた。

そしてすっと目を細めた早乙女が、私の下肢に手を伸ばす。

くちゅりと淫靡《いんび》な音が響いた。自分で触れていないから、どこまで濡れているかはわからない。

「ああ、あなたが私を抱きたいというのは本当ですね。確かにしっかりと濡れています」

指で秘裂をゆっくりとこする。

じくじくと疼《うず》きが増して、もどかしさから腰が揺れそうになった。

「あ、指……ちょっ、待って」

両手で彼の屹立《きつりつ》を握りしめた中途半端な体勢で、私の秘所は早乙女に弄《いじ》られている。

飲酒もしていないのに、お互いこんなにも大胆に振る舞うなんて。きっと私たちは二人の間に漂《ただよ》う空気に酔っているのだ。

甘くて中毒性があって、淫靡《いんび》な香り。雌《めす》と雄《おす》の本能が刺激され、欲望に忠実になる。

「二本も私の指を呑み込みましたよ。しかしやはり中は狭い。内襞《うちひだ》が絡みついて、指まで食いちぎられそうです」

どうしてこの男は、このタイミングでこんな恥ずかしい実況中継をするの。

「んぁあ……ッ！　や、もう抜いて」

「ダメです。まだ準備は万端ではありません。もう少し慣らさないと」

三本目の指が挿入されたと同時に、親指で花芽をグリっと刺激するとか！　獣化《けものか》した早乙女は、とんだ鬼畜だった。軽く達しそうになってしまう。

「やああ……っ、旭ッ！」

キュウッ、と少し強く彼の分身を握れば、早乙女も苦しげに呻《うめ》いた。ドクンと脈打つ彼のものが、手の中で肥大する。

乱れる呼吸に、早まる鼓動。体温の上昇は続き、さらなる高みを望んでいる。

「もう、ほしいの。指、抜いて？」

「櫻子さま……」

掠《かす》れたバリトンで名前を呼ぶのは、本当に反則だ。子宮が疼《うず》いてたまらなくなる。

ソファに押し倒されて、真上から見下ろされた。

私を欲しているその顔を見ただけで、じわりと秘部から蜜《みつ》が零《こぼ》れる。

「旭……」

性器と性器がぬるりとこすれる感触に、肌がゾクゾクと粟立《あわだ》つ。

そのまま入れてほしいのに、早乙女は穿《は》いていたズボンのポケットから小さな四角い袋を取り出した。コンドームだ。

手早くそれを装着し、ぬかるんだ私の蜜口をこする。

「や、なんでゴム……！」

思わず私は抗議の声をあげた。

腕を伸ばせば、パシッと手を握られる。そのまま顔の横で手を固定されて、ずずっと腰を推し進められた。

「あ、んぅ……ああ……っ」

ぬぷり、と先端が膣口に入り、みしみしと膣道を広げていく。

「あなたが妊娠を希望していても、私はまだ望んでいないんですよ。結婚を了承してくれるまでは」

「そんな、の……もったい、なぁ……、ッ」

妊娠に気をつけていれば、早乙女は私を期限ぎりぎりまで口説《くど》ける。彼は私を妊娠させずに、口説き続けるつもりだ。

迂闊《うかつ》だった。まずは彼の手元にゴムがないことを確認するべきだった。

「もったいなくなんてありません。これがあるから、いくらでもあなたを可愛がれる」

セックスとは本来生殖《せいしょく》目的なのに。私にとってゴムなんて邪魔でしかない。

「っ、ぁあ……ふか、い」

奥を刺激する感触と、内臓を圧迫する苦しさが、彼の存在をリアルに感じさせた。

隙間なくピッタリと埋めつくす熱い杭《くい》が、私の中で脈を打っている。少し締めつければ、早乙女の柳眉《りゅうび》がきつく寄った。

「散々焦《じ》らされたのですから、あなたを味わわせてもらえますね？」

拒否権を与えない口調でそう尋ねた彼は、挿入した楔《くさび》をぎりぎりまで抜き、再び奥まで挿入した。

「ッ……！　あ、ああっ！」

激しい衝撃に、一瞬息が止まった。脳髄《のうずい》にまで電流が届く。

「あ、ぁあ、ひゃあ、ぁあんっ、んああ……ッ！」

一気に最奥まで貫かれ、快楽を感じる場所を攻められる。

「もっと、もっと聞かせてください。あなたがたくさん啼《な》く声を」

「やぁ、……んんッ！」

拒絶の声はキスで塞がれた。

上からも下からも、相手と繋がっては満たされる。

どこまでも貪欲《どんよく》に貪《むさぼ》り食らい、まるで飢《う》えを満たすように、身体も心も求め合う。

「啼いてください、櫻子さま」

「い、や……っ」

……おかしい。

早乙女を誘惑して遠慮なく貪るのは、私だったはず。

それなのに、何故私が甘い嬌声《きょうせい》をあげて振り回されているのだ。あまつさえコンドームまで使われて。これでは形勢逆転じゃないの。

「それなら、もっと私に甘えなさい」

先ほども聞いた台詞《せりふ》を今言われても、どう答えていいかわからない。

甘えるってどうやって？　なにをしたらいいの？

「んふぅ……っ、わから、な」

「私を頼り、縋《すが》るのですよ。ほしいものを強請《ねだ》るように」

ぐちゅ、ずちゅん、と卑猥《ひわい》な水音を響かせながら、彼は冷静な声でそんなことを語る。先ほどよりもゆっくりと中を突かれ、もどかしさに首を左右に振った。

けれど早乙女の余裕も、顔を見ればそう残っていないのは察せられた。

額《ひたい》から滲《にじ》む汗も、眉間の皺《しわ》も、凄絶《せいぜつ》な色香を放っている。男性が絶頂を堪《こら》える姿は、悩ましいほど扇情的で、艶《つや》っぽい。

快楽が高まり、思考が薄れる。頭で考えるよりも、口から言葉が飛び出ていた。

「ほしい、もの……」

「ええ、なんでも与えてあげます。あなたが望むなら」

ほしいもの、は……

「旭と、赤ちゃん」

ほぼ無意識に告げた台詞《せりふ》に、早乙女は息を呑んだ。

そして緩やかだった律動が、激しさを増す。

「……今のは、煽《あお》ったあなたがいけない」

「な、しらな……っ、ああ！」

ズズン！　と一際強く最奥を穿《うが》たれて、喉がのけ反《ぞ》った。視界が一瞬白く染まる。

「私がほしいなら、未来を約束してください」

「そんなの、ぁ……ッ、む、り……」

「子供の未来は、望めるのに？　あなたは本当に、強情な人だ」

感じる場所を重点的に強く攻められて、快楽の蕾《つぼみ》を刺激されれば、私はあっけなく達してしまった。

「あ、あああッ……！」

絶頂を迎えて、精を搾《しぼ》り取るように膣《ちつ》が痙攣《けいれん》する。

逃がさないための雌《めす》の本能なのか。締めるのは無意識で、私が意図的にしているわけではない。

くったりとした私の中で、まだ果てていない彼の楔《くさび》が、容赦なく攻めてくる。

「……ッ、私も、そろそろ限界です」

「あ……ゴム、やぁ……！　中で、だして」

「それは、できません」

するど、苦しそうに眉間に皺《しわ》を刻んだ早乙女が、息を呑んだ。

「ダメ、もったいな……中出し、して……っ」

一拍後、欲を膜越しに解放し、荒い呼吸を吐く。

「……どこでそんなおねだりを……」

胎内から彼のものが抜ける感触にまで快楽を拾う。何度か達した身体にどっと疲労感が広がった。

手早く処理を行った早乙女が私から離れようとするのを、気怠《けだる》さをなんとか堪《こら》えて拒《こば》む。きっと
ゴムは手元にひとつしかないに違いない。

「旭……もっと、ちょうだい？」

正しい甘え方なんてわからないけど、彼を一度きりで満足なんてさせてやらない。彼の遺伝子が
私を満たすまでは。……体力に自信はないが。

「櫻子さま……」

――あなたは本当に、私を惑《まど》わす女王様だ。

情欲を再発させ、彼が私に覆いかぶさる。

お互い全裸で明かりもつけたまま、体温を共有し唇を貪《むさぼ》り合った。

一度精を吐いたとは思えないほど隆々《りゅうりゅう》とした屹立《きつりつ》が、まだ潤《うる》んでいる私の蜜壷を埋めていく。

直接感じられる熱が、気持ちよくてたまらない。薄い膜なんて無粋なものはほしくない。

「旭、旭……、もっと」

「あなたの中が熱く絡みついて、離さない……」

彼が出て行こうとするのを本能が阻《はば》む。人間だって動物だもの。これは生殖《せいしょく》行為で、妊娠するために行っているのだから。

男の精を注《そそ》ぐまで私の媚肉が彼のペニスを絡めて逃がさないのは、仕方がない。

「ええ、出して……、私の中に」

「いけません、それは」

私から出ていかないように、彼の腰に両脚をからめる。「櫻子さまっ」と焦った抗議の声は無視して、私は早乙女の唇を奪った。

抽挿《ちゅうそう》が止まり、ぐっと奥に留まったまま一拍後。

熱い飛沫《ひまつ》が私の中ではじけた。

「つ、……」

「ああ……!　熱い……」

射精を堪《こら》える顔も、絶頂を味わっている表情も、普段ストイックな男からは想像もできないほど色っぽい。

早乙女の恍惚《こうこつ》とした目を見るだけで、私の快感もさらに高まる気がした。

抱きしめられたまま、暫《しばら》くお互い呼吸を整える。

心地いい疲労感と満足感に浸《ひた》りながら、少し汗ばんだ肌の感触を味わった。

熱い吐息が耳元で吐かれることですら、私は満たされる。

興奮していたのは自分だけではなく、彼もちゃんと感じていてくれたのだとわかるから。

「シャワー、浴びますか？」

冷静さを取り戻した早乙女の言葉に、こくりと頷いた。

「ええ。……身体洗ってくれるのよね？」

当然のように一緒に入るでしょ？　と促《うなが》せば、彼は苦く笑いながらも了承する。

「湯船は二人用ではないので、あなたには狭く感じるでしょうが」

「シャワーだけで十分だわ。今は」

では、と言い終えた早乙女が、私の中から分身を引き出す。ずるりと抜かれる感触が、鎮《しず》められた快楽に新たな火を灯《とも》しそう。

喪失感を味わいながら、いつかの日のように彼に抱きかかえられて浴室へ向かう。

そして結局、再発した熱に煽《あお》られるまま、私は背後から早乙女に貪《むさぼ》られた。

三回戦は、風呂場にまでコンドームを置いていた早乙女の勝利となった。

❀

気候的に過ごしやすい秋がすぎれば、あっという間に冬が来る。

気づけば今年の残り時間は一ヶ月をきっていた。

この時期の業務は、一年の中で一番と言えるほど忙しい。年末商戦や年末進行など、お正月休み前に片づけるべき仕事は溜まりまくっている。

海外支社を巡る出張も入っていたのだけど、それは年明けに繰り越しになった。時間的に余裕がなくなったことや、クリスマス前に長期休みに入る社員が多いことが主な理由だ。

私としても年明けのほうが都合がいいこともあり、出張はあっさり延期。だがテレビ会議は行った。

アメリカとヨーロッパ法人の社長との会議は、特に問題なくそれぞれの報告が終わったけれど……。日本の時間に合わせると、向こうは既に夜中だ。毎度のことながら、申し訳なくなる。

「いつもこちらの都合に合わせてしまって、悪いわね。うちの社員には、なるべく出張先の祝日と被る日程で仕事を入れるなと伝えているから」

ふとそう零《こぼ》した台詞《せりふ》に、おじさんたちは目を丸くした。

「まあ、仕事だし難しいこともあるけれど。その日を選ばなければいけない理由がないなら、いくらでも調整はきくでしょう」

役員の中には、自分の都合だけで周囲を振り回す人間も多い。

だが、私が苦手とする副社長の鷲尾はこういう人種ではない。保守主義で頭の硬い嫌味《いやみ》な狸《たぬき》だけど、彼の能力は認めざるを得ない。性格は悪いけどね。

苦笑を零したテレビ会議のお相手方は、それぞれの言葉で「よいクリスマスを」と告げた。

クリスマスまであと一週間。きっと彼らには家族との素敵な予定が詰まっているだろう。

微笑ましく思いながら、テレビ会議を終わらせた。

「街中どこに行っても、クリスマスソングがかかっているんですってね」

休憩時間になり、ミルクたっぷりのカフェラテを持ってきた早乙女に尋ねる。

「ええ、そうですね。あとイルミネーションも行われているかと」

どうぞ、と置かれたマグカップを覗いた。

今日のラテアートは、日本のみならず世界でも人気の、キュートな猫のキャラクター。

可愛い猫の絵なんて描けないだろうと思ってのリクエストだったのに、目の前に置かれたカップには、しっかりリボンまでつけた猫の絵が。しかもウィンクまでしている。

「……可愛いわね」

「ありがとうございます」

ここまでの完璧さは求めていなかったが、やはり早乙女は早乙女だった。むしろ乙女か。

カフェラテの甘さと苦さもちょうどいい。おまけに温度まで。

一口啜《すす》ったら猫の顔が歪んだ。

「イルミネーションなんて、車の中からやテレビでは見たことあるけれど、実際ゆっくり見たことはないわ。街も滅多に歩かないし」

私のひとり歩きは、場所や時間が限定されている。

誰かしら護衛がいなければ、自由に歩くこともできないなんて。

そんな生活にはとっくに慣れているけど、やはりなんていうか、面倒くさい。

「少しだけなら見に行くことも可能ですが」

「いえ、やめておくわ。別にそこまで興味ないし」

子供らしい子供じゃなかったので、クリスマスもサンタさんにも、あまり盛り上がることはなかった。でも、使用人の皆が頑張って屋敷内を飾りつけてくれるから、それは嬉しい。やりすぎない程度にインテリアを変えるのは、彼らの自由にさせていた。

「今年もモミの木を調達して、玄関ホールを占拠しているし」

「鷹司家が注文されるものなら、大きそうですね」

「三メートル近くあるんじゃないかしら」

メイド服を着た若い使用人の子たちが綺麗に飾りつけたツリーは、文句なしに美しい。

今年は水色と銀色がテーマだった。去年は金と銀でゴージャスだったが、薄い青と銀という組み合わせも、神秘的で目を惹《ひ》かれる。

「それは星を飾るのが大変そうですね」

「星はあったかしら？　スワロフスキーのオーナメントは飾られているけれど」

鹿とか、雪の結晶とか。

「流石《さすが》ですね」

飲み終わったマグカップを回収した早乙女が、いくつかの招待状を私に手渡す。

「各団体と企業から、出席の有無を訊《き》かれておりますが。いかがいたしますか？」

「新年会のお誘い？　ああ、年明けの話なんてしたくないのに……」

一月の予定はもうびっしりなはず。先月一応〝仮〟で返答していたものに対する、最終確認なんだろう。

「気が進まないんだけど、去年と同じでいいわ。前回返答してから、予定にさほど変更もないでしょうし」

「では、そのように手配しておきます」

「ありがとう。よろしくね」

祖父が築き上げてきた付き合いや繋がりを、私が絶つわけにもいかない。

鷹司の当主名代《みょうだい》として出席する者も、多々ある。本当、気が乗らないったらなかった。なにせ、行けば確実に私の婿《むこ》についての話題になるのだ。

野心たっぷりな方たちの息子さんやお孫さんを薦められても困る。断るのだって一苦労なのよ。

これまでは独身主義であることを伝えて、年齢を言えば一応は引っ込んでくれた。けれど、今はもう三十路《みそじ》までカウントダウンができちゃう年齢で、世間一般なら焦り始める頃だ。

結婚しないと言えば、「お世継《よつ》ぎはどうなされるのですか」と訊かれる始末。

世継ぎって、いつの時代の単語だ。でもって私は女王かなにかか！　って感じだが、感覚的には間違っていないのだろう。

あわよくばうちに取り入り、甘い蜜《みつ》を吸いたい方々のお相手は本当に疲れるから、パーティーなんて出ないほうが断然楽だ。

「ちょっと歩いてくるわ。急用があったら携帯にかけて」

ジャケットを脱いで常備しているカーディガンを羽織り、眼鏡はデスクに置いたまま社長室を出る。扉を開けた早乙女には、行き先の見当がついているのだろう。

「お気をつけて」

「……ええ」

社内で一体なにに気をつけるのだ。不審者はいないし、セキュリティだって万全なのだが。

これが早乙女の口癖だと思うことにし、さらりと流す。

髪を下ろし、見た目を変えると、社長ではなくこの会社の社員のひとりに見える。

一階にまで下りて保育園に行くか、それともすぐ近くの、元役員専用食堂だったラウンジに行くか。

考えた挙句、近場のラウンジで気分転換をすることにした。

実はここには、この時期私宛てに届くお歳暮のお菓子を置いてある。私が食べるよりも、このラウンジに来た社員にあげたほうが断然いいと思うからだ。

残念ながら、アルコールやハム、魚介類などは置いておけないけど。

ちなみに取引先や会社関係者ではない方からのこういった贈り物は、早乙女に厳重に確認させてから、ラウンジへ持って行っている。市販に見せかけた手作りとかだったら、怖いわよね。

オシャレなカフェ空間のようになった一室には、若い女子社員がちらほらいた。彼女たちのお目当ては、やはり私が提供したお菓子。

マカロン、クッキー、トリュフをはじめとした高級チョコレート。

日によっては保存のきくフルーツケーキが届くこともある。あのドイツの伝統的なクリスマスケーキ、シュトーレンとか。

「この生チョコおいしい〜」

「これ、日本に上陸したばかりのチョコだよ！　しかも期間限定で一日三十箱しか発売されないやつ」

詳しいわね。

喜んでチョコをつまむ彼女たちに紛《まぎ》れて、こっそりひとつ、私ももらってみることにした。

艶《つや》やかなチョコレートのコーティングは、貴婦人のように、品があってプライドが高そう。チョコレート一粒が芸術品と言われても、納得できる見た目の美しさにしばし見惚れてから、パクリ。

舌触りと口の中でとろりと溶ける食感が、思わず唸《うな》るほどにおいしい。

これを贈ってくれたのは誰だったかしら？　後で早乙女にリストを見せてもらおう。

ラウンジの隅《すみ》っこに腰を下ろす。コーヒーは先ほど飲んだばかりだから、とりあえず紅茶を持って。

ここに来ると、社員との距離が縮まる気がするから好きだ。

若い女性社員が数人でやってくる姿は、学生時代を思い出させる。

と言っても、私はあまり誰かと固まることはなかったし、昔からこうやって賑《にぎ》やかな女性たちを一歩離れたところから眺める側だった。どうやら私は、とっつきにくい人間に見えるらしい。

「でもこれって誰が持ってきたんだろうね。会社からってわけじゃないだろうし」

「あ、聞いたことある。確かこれって社長からだよ」

「え？　社長から社員への貢ぎ物？」

「言葉悪い！　社長に届いた贈り物を、わけてくれてるらしいよ」

……聞こえているわよ、あなたたち。

しかし私からだというのがバレているのは意外だった。

「秘書課の人がここに持ち込んでいるのを見たって人がいるもの。社長からおすそわけだって」

ああ、なるほど。ラウンジに持っていくに際して、特に口止めしていなかったしね。

少しほっとしながら、先ほど取ってきたラズベリーのマカロンを食べる。

ほどよい酸味と甘さが絶妙で、これまたひとつで十分な満足感を得られた。

オーガニックのアッサムティーを飲みつつ、そのまま耳を周囲に傾ける。

「こんな高級品ばかり届くって、流石《さすが》社長ね」

「遠目でしか見てないけど、最近雰囲気変わったよね？」

え、そうなの？

自分ではそんなのはわからない。ストレスでピリピリしているとか言われたらどうしよう。軽く落ち込みそうだ。

「なんか、柔らかくなったような。前まではもっとこう、張りつめた糸みたいな厳しさがあったけど、今はもっと近づきやすい感じになった気がする」

「ああ、クールビューティーで仕事のできる美人ってイメージだもんね。そこに女性的な柔らかさが出てきたなら、恋人のおかげとか？」

ぶふっ……！

飲んでいた紅茶が気管に入りそうになった。

そ、そんなにバレるものなの!?

それとも私が疎《うと》いだけで、女の勘ってこれが普通？

雰囲気が優しくなったって言われるのは、果たしていいことなのか、悪いことなのか。

でも、それはきっと、周囲に気を配る余裕もできているという風にも捉えられる。

もっと視野を広げろとか、前だけ見るなとどは言われてきたけれど——

少しは木だけでなく、森を観れる人間になっているなら嬉しい。

彼女たちの話を盗み聞きしながら、来年ももっと頑張ろうという気になった。

❀

櫻子が無事鷹司家の車に乗り込んだのを見届けた後、早乙女旭は腕時計を確認した。

「八時か。この時間だったら間に合うな」

スマホを取り出し、手早く操作すると足早に駅へ向かう。

会社から電車で数駅。オフィス街を抜けた路地裏に、こぢんまりと佇《たたず》む一軒の隠れ家風のバーがある。看板すら出ていないその店の扉を、旭はゆっくりと押し開いた。

「いらっしゃいませ、早乙女様。お連れ様でしたらあちらの席でお待ちです」

「ありがとうございます」

顔なじみのバーテンダーに迎えられ、照明が落とされた店内を見回す。

すぐに目当ての人物が振り返った。旭は隣の席へと腰を落とす。

「思ったよりも早かったな。てっきり今日は無理かと思ったが」

「いや、丁度よかった。飲みたい気分だったんだ」

店の奥、壁側にある座席は、密談などで使われやすい。適度に配置された観葉植物が視界を遮《さえぎ》り、
また店内に流れるジャズミュージックが話し声を消してくれる。

そしてこの店には、限られた人間しかやってこない。細い路地裏の奥まった場所にあるのもそのためだ。

「ご注文はなにになさいますか?」

「ウイスキーをロックで」

「かしこまりました」

現在この店にいるのは、旭たちとこの店のマスターの三人だけ。

頼んだウイスキーが届き、焼酎の水割りを飲んでいた男と軽くグラスを合わせた。

氷が涼やかな音を奏《かな》でる。タイミングを見計らい、焼酎を飲んでいる男が「で?」と尋ねた。

「お前が飲みたい気分なんて珍しいな。またあのお姫さんのことか」

「またとか言うな、仙崎《せんざき》」

ニヤニヤと笑う男の顔には、からかいが含まれている。

仙崎は、旭の元同僚だ。現在も警視庁警備部警護課で、要人警護のＳＰをしている。

短くすっきりと整えられた髪に、実年齢より若く見える童顔。どこか少年っぽさを失っていないこの男とは、時間が合えば時折飲みに行く仲だ。

「複雑そうな顔をしてるが、なにか進展があったと見た。なんだ、実はとうとう理性が切れて襲っちまったか」

って、お前に限ってそんなことは――、と続いた仙崎の台詞《せりふ》に、旭は無言を返した。

長年の付き合いで、それが肯定の意味だと悟った仙崎の頬が引きつる。

カラン。氷がグラスと衝突し、高い音が響いた。

「え、マジで？」

元々相談に乗ってもらうつもりで来たのだ。黙っているべきではない。

意を決した旭は、淡々と事実を述べた。

「正しくは、襲ってきたからありがたく据え膳をいただいた」

「は？　ちょっ、一体なにがあったんだよ？」

声は潜《ひそ》めたまま、仙崎が問う。

友人の問いかけに、旭はこれまでの約三ヶ月間の日々を思い起こした。

「始まりは九月だ。海外出張中、ホテルの部屋に招かれ、酒を勧められてキスをされ、最後は我慢がきかなくなって押し倒した」

「……マジか」

絶句する仙崎を見て、旭は己《おのれ》の理性のもろさに打ちひしがれた。

少し誘われればそれに乗ってしまう自分もどうなんだ。

だが、あんな破壊的に可愛く、それでいて妖艶《ようえん》で、男の劣情《れつじょう》を煽《あお》る彼女がいけない。

これまではなにごともなく、鋼《はがね》の理性で接してこられたのに。彼女の興味が自分に向いた途端にこれだ。

櫻子は少し前までキスも未経験だった。しかし今では自分からキスを強請《ねだ》ってくる始末。あるていど基礎が身につくと、すぐに応用編を実践してこようとするから、困るのだ。

翻弄《ほんろう》されるこちらの身にもなってほしい。

彼女は大和撫子《やまとなでしこ》の皮を被った小悪魔だ——とまで思うのに、抗《あらが》えないのは惚《ほ》れた弱みか。

「ってか、お姫さんって、お前のことが好きだったのか？　話からして、そんな気配はなかったたっぽいけど」

そう、そこだ。

今までプライベートな会話はほとんど交《か》わしていなかったことを思うと、ずい分急接近したものだ。

「最近になってよく喋《しゃべ》るようになったな、仕事以外の話題を。何故か俺自身について訊《き》いてくることも多い」

――そういえば前、確か謎を暴《あば》きたいとか言ってなかったか？

隠す謎なんて特にないんだが――と考えたところで、己の経歴や素性は、彼女の祖父しか知らないことを思い出した。

もしかしたら、自分に対する好奇心が膨らんで、そのまま突き進んだだけかもしれない。

それはそれで虚《むな》しいものがある。

「鷹司のお嬢さまの男嫌いというか、男相手のそっけなさは有名だもんな。噂じゃ一生独身宣言をしているらしいじゃねーか。人形めいた美しさを持つ美女が独身主義だなんて、世の男どもが泣くぞ」

「……」

プロポーズを断られ続けている自分も、その男どもと同じ気持ちだ。

ぐいっとグラスを仰《あお》ぎ、ウイスキーを喉に流し込む。

空《から》になったグラスをテーブルに置いて、マスターを呼んで新たな酒を作ってもらった。

「その様子から見ると、お前振られたのか」

「まだ完全に振られたわけじゃない」

気持ちはあるのだ。心は向けられている。

それなら、振られたに入らないはずだ。たとえプロポーズは断られ続けていても。

旭は、ぽつぽつと順序立てて仙崎に説明する。

言葉に出せば、余計櫻子の行動は意味不明だった。

「すべてがほしい、好きだ、あなたの子供が産みたいとまで言いながら、いざプロポーズすると断るんだぞ。俺の子供はほしいが、結婚する意志はないと言う。未来の約束はできないと。どうしたらいいんだ」

櫻子が三十を迎えるまでに、旭が彼女を口説《くど》き落とせば彼の願いが叶えられる。

だが櫻子が三十までに妊娠しても、結婚しない意志が覆《くつがえ》らなかったら、彼女の言うことを聞く。

彼女は月が綺麗な夜にしか旭を誘惑しないが、己《おのれ》は特に条件はない。

なかば強引に決められた取引に形だけは承諾したが——、その約束まで、あと三ヶ月ほどしか残っていなかった。まあ、期限がすぎても諦めるつもりは毛頭ないが。

「子供が生まれても俺を父親として会わせるし、なんなら一緒に鷹司の屋敷に住めばいいとまで言うくせに、旦那はいらないらしい」

「なあ、それってどんなエロゲー？　財閥のお嬢様が子供がほしいってお前を襲うなんて、すんげーおいしいシチュエーションだが。振り回されるお前は不憫《ふびん》だなぁ」

「おい、顔が笑ってるぞ」

他人の不幸は蜜《みつ》の味。

そう言いだしそうな男に、旭は苛立った。

新たに頼んだジントニックに口をつける。ここのマスターはなにを作らせてもうまい。

「で？　お姫さんがお前に執着する理由はなんだよ。好きならなんの問題もないと思うがな」

「……好きなのは、俺の遺伝子だそうだ」

「は？　遺伝子？」

仙崎が困惑するのも当然だ。

旭も自分で言っていて情けなくなってくる。

長年の片想い相手と気持ちが通じたと思えば、目当ては遺伝子のみとは。

「顔も身体も遺伝子も好みと言われた俺の気持ちがお前にわかるか？　避妊なんてしないで、もったいないと言われたら、理性だって普通は切れるだろ。しかも、はじめてだったんだぞ」

「マジで？」

「キスもしたことがなかった」

「流石《さすが》、箱入りのお嬢様だな」

ファーストキスもヴァージンも奪った相手が自分というのは、彼女の特別になれた気がした。完全に櫻子に酔って、溺れている自覚はある。

遺伝子以外も欲してもらうには、どうしたらいいのか。

自問を繰り返すが、答えはまだ見つかっていなかった。

彼女を本気で口説いているが、彼女の心を奪えている気がしない。

「普通、好きなら相手を独占したいと思うんじゃないのか」

「常に冷静沈着な寡黙《かもく》男が乙女なこと言い出した」

鳥肌が立ったと失礼なことを言う腐れ縁の元同僚は、とりあえず後で沈めるか。

「お前はどうしたいんだよ？」

「当然、責任を持って彼女と結婚する。今さらどこの馬の骨ともわからない男にやってたまるか」

「なんだ、てっきり出自のことでも心配しているのかと思った」

「……それは、大したことじゃない。鷹司の会長も把握されていることだ」

旭は確かに複雑な出自だが、櫻子の祖父はそんなことよりも旭自身の能力の高さに目をつけた。

長期休みに入る度にクルーズのアルバイトをして、各国を渡り歩いた学生時代。

様々な人種が集まる船上で語学力を養い、その後独学での勉強を重ねた結果、今ではほぼネイティブレベルで六ヶ国語を操《あやつ》れる。

特に語学を生かす職業に就きたいと考えていたわけではなかったが、たまたま語学の勘がよかったようだ。

ほかにも、早く独り立ちするのに役立つなら、資格もスキルもないよりあったほうがいいと考え、いくつか面白そうな資格を取得した。そして、大学を卒業後に、国家公務員I種に合格。その後警察大学校を経て、警察庁に勤務する。

三年半ほど見習い期間を経験してからキャリアとして順調に歩むはずだったのだが、本人も希望して、条件の厳しいSPになった。この時点でさえ、異例のルートだった。

それが今では、社長秘書。人生どう転がるかわからない。

「お前もようやく年貢《ねんぐ》の納め時かと思えば、七歳も年下の女の子に振り回されるなんて。いや～笑えるな」

「笑うな」

真剣な悩みだというのに、向こうは酒の肴《さかな》程度にしか思っていないのだろう。なんて腹立たしい。

だが、振り回されているのは、否定できない。

脳裏を掠《かす》める、艶《あで》やかに微笑む櫻子の姿。

はじめての夜が皆既月食《かいきげっしょく》となるスーパームーンの日だったため、櫻子は旭を月が綺麗な夜にしか誘わない。三日月でも、満月でも、彼女が旭に迫るのは、決まって雲ひとつない、月が輝く夜だ。

月夜の晩は、恋の駆け引きの始まりの合図。

旭からはいつでも誘えるのに、気づけば大抵の場合は櫻子から仕掛けられている。

あの日以降の避妊具を持参する日々は、歓迎するべきなのか嘆くべきなのか、少々複雑だ。

はあ、とため息をひとつついて、旭は二杯目のグラスを空《から》にした。

「でも、鷹司の爺《じい》さんは、とっくにお前を姫さんの婿《むこ》にって目をつけてるんだろ。家的に問題がなければ、あとは本人同士の問題ってことで、よかったじゃないか。ある意味楽で」

「なにが楽なもんか。あの方の気が変わったら、それこそ俺なんてすぐに彼女の傍《そば》から離される」

鷹司英一郎《えいいちろう》。齢《よわい》八十にして、心身ともに健康な鷹司家の当主。

彼こそが、特別任務中だった旭と知り合い、口説《くど》き落として秘書にした張本人だ。

その彼に、かつて孫娘の婿になる気はないかと問われたことがある。

政財界、経済界の重鎮《じゅうちん》とも太いパイプのある鷹司家の当主が、旭の素性をすべて知った上で尋ねたのだ。

そのときは恐れ多いと断ったが、その後、旭は櫻子の秘書にさせられた。自分を彼女の秘書に据えた最大の理由が、二人をくっつけるためだとは、櫻子自身は知りもしない。

「姫さんに出会う前だったから断ったが、出会った後に完全に惚《ほ》れちまったんだろ。お前が彼女に惚れることも見越して、爺《じい》さんはお前に話を持ちかけたんだろうな」

掌《てのひら》の上で転がされているようで少々屈辱だが。若輩者《じゃくはいもの》の自分が、櫻子が言うところの〝妖怪〟に勝てるとも思っていない。

――だからといって、鷺沼製薬の専務まで使って発破《はっぱ》をかけてくるとは。

さっさと動いてものにせんか！　と言う声が今にも聞こえてきそうだ。

あのプレゼントも鷺沼専務の行動も、一歩も踏み込まない自分に対する嫌がらせであり、警告だろう。これで動かなければ、お前にはやらぬという、最後通告。

――いいのか悪いのか、あの後すぐに彼女のほうから踏み込まれたが。

櫻子が旭の家に泊まり、男女の関係になっていることは、遠く離れた彼女の祖父も知っている。

今、ぴたりと催促のような動きが止まっているのは、様子見といったところだ。

これで鷹司家当主が旭を櫻子の夫に不適当だと判断したら、どう足掻《あが》いても一緒にはなれない。

「お前の遺伝子が魅力的っていうのは、まあ男の俺からしてもわかるけど。姫さんだって相当ハイスペックな才女だしな。あの見た目を裏切る女傑《じょけつ》っぷりは、間近で見てたら惚《ほ》れ惚《ぼ》れするだろうよ」

旧華族の血を引く櫻子は、世が世ならやんごとなき身分のお姫様だ。

白くきめ細かい肌はシミひとつなく、やや切れ長な目は涼やかながら、大きくて印象的。

すっとした鼻梁《びりょう》と形のいい小さな唇は、バランスよく配置されている。

一度も染めたことのない髪は真っ直ぐに彼女の背中を隠し、彼女自身が日本人形のごとく美しいとほめられることも多々ある。

作り物めいた美しさだが、その実、彼女は人間味に満ちていて、気性は激しくとても負けず嫌いだ。

見た目に騙《だま》されて油断すると、簡単に足元をすくわれる。

唯一の身内を、〝狐狸妖怪《こりようかい》の親玉〟と称するような口の悪さにも、ずい分慣れた。それどころか、そんなところも可愛いとさえ思ってしまうのだから重症だ。

異性への警戒心は強いのに、男慣れしていないせいで危うい。

何度彼女を狙う害虫を排除してきたか、数えきれない。

きっと狙われていたことすら知りもしないだろう。

「スイスのお嬢様学校を卒業後にボストンの大学に行って、ニューヨークのロースクールに通い弁護士の資格まで取ったんだろ？　スイスって確か公用語が四つくらいあったよな。英語と日本語以外もわかるってことか」

「ドイツ語とフランス語をマスターされている」

「凄《すご》すぎるな……」

櫻子は旭のことを、なんでもできる男と思っているが、彼女だって相当なものだ。

茶道《さどう》、華道《かどう》、日舞にバレエ。音楽はヴァイオリンとチェロもたしなんでおり、特技は数知れず。

よく頭が回り、口も回る。

決断力に優れ機転が利《き》き、斬新《ざんしん》なアイディアで新事業を開拓していく姿は、エネルギーに溢《あふ》れている。

だが少々猪突猛進《ちょとつもうしん》なところがあり、冷静にブレーキをかけるのが自分の役目でもあった。

そして現在、彼女の暴走を止めるどころか、拍車をかけているのも自分だ。

情けないと、本日数度目のため息が漏れる。

「確かに、そんなハイスペックな男女の遺伝子を持った子供は、どんな子供なのか気にはなるけど。見た目だって、めちゃくちゃ可愛い子が生まれそうじゃね？」

「彼女の子供なんだから、可愛くて当然だろう」

「いや、お前だって相当モテるだろ。腹立たしいが事実だ」

櫻子と働き始めてからは、旭には当然ながら女性の影などないが。それ以前にはいろいろあったことは否定できない。

だから今は、長い片想い中である。

男女の関係にあるにもかかわらず、未だに片想いを続けている不憫《ふびん》な男に、仙崎はとどめをさした。

「ってか、俺思ったんだけど。お姫さんの近くにいるハイスペックな男がお前しかいないから、お前の遺伝子狙ってるんじゃね？　もし彼女にとって魅力的な遺伝子を持つ男が他に現れたら……」

その先は、ギロリと睨《にら》んだ旭の視線に遮《さえぎ》られたため、仙崎は口をつぐむ。しかし察しがいい旭には正しく伝わった。

「いや、仮定の話だぞ？　別にそうとは思ってないからな？」

焦る旧友に目線のみで新たな酒を頼ませた旭は、小さく嘆息する。

――その可能性を否定できないから、苛立つんだ。

いつまでたっても自分のものにはならない彼女。するりと身をかわして逃げられてしまう。

どうしたら彼女が心から自分を欲してくれるのか。

いくら酒を飲んでも、答えは浮かびそうになかった。

第五章　Gibbous Moon　――十三夜――

クリスマス、そして大晦日《おおみそか》が慌ただしくすぎて、新しい年を迎えた。

鷹司家の新年は、毎年とても静かだ。というのも、お正月の三が日は屋敷に仕えている使用人をほぼ全員里帰りさせているから。

遠すぎて普段はあまり地元に帰れない彼らにも、ゆっくり新年を楽しんでもらえるようにと、お正月休暇を取らせている。

「――というわけで、誰にも気兼《きが》ねせずにリラックスしていいわよ」

「そういうわけにはいきません」

ぴしゃりと即答したのは、新年に我が家へ招いた早乙女だ。

年明け前、彼に正月は帰省するのかと訊《き》けば、実家に顔は出すが日帰りで戻ってくると言う。どうやらご実家は、電車で帰れる距離らしい。

新年の祖父との挨拶《あいさつ》は、あっさりと電話ですませた。

私は毎年元旦は、着物を着ることにしている。

鮮やかな赤い振袖には、白と金で描かれた鶴と桜の花模様。

京友禅のお着物は、うちが昔からご贔屓《ひいき》にしている呉服屋さんのものだ。

「その振袖、よくお似合いです」

「あら、ありがとう。お正月だし、頑張って着てみたのよ」

「おひとりでですか？」

「ええ、着付けくらい自分でできるわ。昔からやっていたし」

茶道《さどう》や華道《かどう》などの日本の伝統文化も、習い事としてしっかり身につけさせられた。着物を着る機会はそれなりに多かったので、必然的に着付けも覚えるようになった。

「あ、ちゃんとおせち料理は用意してもらっているから、大丈夫よ。三日間分の食材もあるし」

「食べ物の心配をしているわけではないのですが。三日間はあなたひとりになるんですか？　この広い屋敷に」

「いいえ、厳密に言えばひとりじゃないわ。うちの警備会社からの護衛が数人派遣されて来てるから」

すっと早乙女の目が細められる。

どこか剣呑《けんのん》な気配は、気のせいではないだろう。

「男性ですか？」

「ええ、基本全員男よ？　彼女以外ね」

お茶を持ってきたスーツ姿の女性が、早乙女と私の前にお茶を置いて、一礼する。

扉の向こう側に待機している他の護衛係は男性だが、私の身の周りの手助けをしてくれるのは、主に彼女だ。

「ありがとう、青山《あおやま》さん」

「ダイニングテーブルのほうに今おせち料理の準備をしていますので」

「悪いわね。私も手伝うわ」

「いえ、三浦《みうら》と私でできますから。ごゆっくりなさっていてください」

ベリーショートヘアーが似合うスレンダー美女の青山さんは、きびきびとした動作で踵《きびす》を返した。

同僚の三浦さんとおせちの準備をしてくれるそうなので、ゆっくりと待つことにしよう。

「女性だったでしょ？」

「ええ、そうですね」

「しかも美人」

「……」

ぶふ、考えてる考えてる。

そのままさらりと同意しちゃえばいいのに、変なところで不器用なやつだわ。

「……そうですね。十人中七名は同意されるかと」

「あなたはその七名に入るの？　それとも残りの三名のほう？」

我ながら意地悪な質問を投げる。

私はどっちを選んだって怒らないのだが、彼としては万が一を考えて迂闊《うかつ》なことを言えないのだろう。

「私の一番は櫻子さまなので。あなた以外は全員その他大勢に入ります」

「へぇ？　新年早々嬉しいこと言ってくれるじゃない。あなたにとって、私が一番の美女なんだ？」

くすりと笑いかければ、早乙女は出された湯呑みを持ち上げた。

「あまり私をからかわないでくれませんか」

「イ・ヤ。だって楽しいもの」

くすくす笑えば、やや柳眉《りゅうび》が寄ったまま黙り込む早乙女。怒っているのではなく、照れているのが窺《うかが》えた。

お正月のおせち料理を護衛の皆も私の命令で巻き込んで、一緒に食べた。

うちのシェフの手作りおせちは、文句なしにおいしい。

食後私の部屋に移動したものの、部屋の前で早乙女が躊躇《ちゅうちょ》したため背を無理やり押し込んだ。

ソファに座らせれば、落ち着かない様子で視線をさまよわせる。

「これは……気が早すぎませんか」

手に取ったのは、名づけの本。

ソファの前のローテーブルに置いてあったものだ。

「避妊してないんだから、早すぎることはないでしょう。今時の名前より古風な名前のほうが個人的には好きよ。女の子も男の子も」

元気だったら、性別なんてどちらでもいい。それに、彼の子なら文句なしに可愛い。

振り向きざまに言えば、早乙女の眉間がぐっと寄った。あれは照れ隠しの皺《しわ》だ。

「……私に似るより、櫻子さまに似たほうが断然可愛いですよ」

「それって、私を可愛いと思ってるってこと？」

じーっと黙って見上げれば、彼が居心地悪そうにたじろいだ。

からかいの音を含んだ声で、小悪魔の尻尾をふりふりさせて、催促する。

「どうなの？　私はあなたにとって、可愛い女？　憎たらしい女？」

「誰も憎たらしいなんて思っていません」

「じゃあどう思ってるのか、聞かせてちょうだい。さっきははっきりと言われなかったし。嘘は嫌よ」

我ながら上から目線で傲慢《ごうまん》な女だわ。

拒否られても仕方ないのに、律儀《りちぎ》な男はちゃんと考えて答えてくれる。いつも真っ直ぐに、私の目を見つめて。

「私にとってあなたは、可愛らしい女性です。綺麗や美しいというより、とても可愛い。一挙一動に目を奪われてしまう。私を振り回す姿さえ愛おしい」

口調は淡々としているのに、熱っぽい眼差《まなざ》しにあてられて、くらりとよろけそうになった。

誰がこんな直球で言えと言ったの、と八つ当たりをしたくなる。

顔が熱いのが悔しい。

気恥ずかしいのに、嬉しくて。私は視線をやや斜め下に逸《そ》らして、小さくお礼を述べた。

お茶の準備ができたと呼ばれ、ふたたびリビングへ移動する。

ついでに彼には年賀状の仕分けなどを手伝ってもらおう。

「おじいさま宛てのは、読むのが大変なくらい達筆よね」

「錚々《そうそう》たる方々ばかりですね」

誰しも一度は耳にしたことのある著名人からも多数届いていた。大物俳優からのもある。

ソファに座り、お茶を飲む早乙女を盗み見る。

アンティークのソファに座るガタイのいい男なんて、違和感しかないはずなのに。不思議とこの屋敷のリビングに馴染んでいる。

まるで昔からうちに通っていたみたいに。

「ねえ、早乙女」

「なんでしょう？」

「新年明けたし、残りあと二ヶ月ね」

私の三十の誕生日が、三月三日のひな祭り。

あら、三が続く日じゃないの。三十三のときはぞろ目ね、なんてどうでもいいことを考えながら、今後のことを告げる。

「これから二ヶ月間、うちで暮らさない？」

「お断りします」

即答だった。

あまりの早さに、若干《じゃっかん》ムッとした気分になる。

「何故かしら。あなたは私に触れたくないの？　同棲くらい、いいじゃない」

恋人同士なら一緒に住むことだって問題ないじゃない。

「二人きりで暮らすわけではなくどちらかの実家に住むのであっても、同棲と言うのでしょうか？　それに私は、婚約もしていない女性と住むことはできません。たとえ恋人同士だとしても。それとも、私と婚約してくださいますか？」

「……婚約」

それは結婚の約束を指す言葉。

そもそもの求婚を断っている私には、結婚はもちろんだが婚約もできるはずがない。

「いずれ結婚するなんて約束はできないわ。軽々しく誘ってごめんなさい」

「わかってくだされればいいのです」

涼しい顔でお茶を飲みほした早乙女に、代替案を言う。

「でも、私があなたの家に行くことはいいでしょう？　だって恋人同士だもの」

彼氏の家にお泊まり。ちょっとくすぐったい台詞《せりふ》だ。

「構いませんが、あまり頻繁になると護衛の方々が大変ですよ。うちのマンションにもセキュリティシステムはありますが、万全とは言えません」

常にコンシェルジュがいる高級な高層マンションに住んでいるわけではなく、普通にエントランスがオートロックで、異変があれば警備員が駆けつける程度のセキュリティだ。

エレベーターやエントランスに生体認証《バイオメトリクス》が導入されていないとなると、度重なる訪問は確かに好ましくはないと思われる……

むう、と考え込む。

本音を言えば、もっとイチャイチャしていたい。

だって子供もまだだし、タイムリミットが近づいてくると思うと少々焦る。

結婚の意思は未だに初志貫徹《しょしかんてつ》。彼からのプロポーズを受けるつもりはない。

「あなたは私に触れたくないの？」

再度同じ質問を投げた。

二人きりでソファに座っていても、彼は指一本触れてこない。

恐らく、この家では監視されているから、そんなことができるはずもないと思っているのだろうが。

キスくらいはしたいと思うのも乙女心。

ずい、と身体を早乙女に寄せれば、彼はさりげなく私から距離を置いた。

地味に傷つく。

「……もしあなたの前に私以外の」

コンコン。

ふいにノック音が響き、青山さんがお茶のお代わりを持って来てくれた。

彼自身が対応してくれたことで、早乙女の言葉は中途半端なままになる。

「さっきなにを言いかけたの？」

私の問いに対し、彼は軽く頭を振った。

「いえ、これから私はアプローチ方法を変えることにしました」

「なにそれ？」

「私はあなたに一切触れません。ですから、私がほしければ、あなたが奪ってごらんなさい」

数回目を瞬《またた》いて、一言。

「……へぇ？」

私が早乙女の遺伝子を手に入れたいなら、自ら迫って手に入れろ、というわけね。

これも一種のプレイなのかしら。

女の狩猟本能が掻き立てられるわ。

「そうこなくっちゃ面白くないわね」

タイムリミットが迫っている。

お互い悠長なことは言っていられないところまで来たのだと、新年早々気合いが入った。

❀

あっという間に日々はすぎ——、今年はじめての出社日は、もう明日だ。

「お正月休みも今日までか」

三が日が終わった後は家で仕事をし、メールチェックに勤《いそ》しんでいたけれど。海外支社とのやり取りには、時差もお正月休暇も関係ない。

しかし、なにごともなく過ごし油断していたところに、台風がやってきた。

「お嬢様、お客様がお見えです」

「え？　どなた？」

それが……とお正月休暇から戻ってきた芙由子さんは、僅《わず》かに言いよどんだ。

「鵲《かささぎ》元総理です」

「秋穂《あきほ》のおじいさまが？」

げぇ、元総理大臣が、うちの祖父が不在のときに、なんの御用なの。

「もう応接間にお通ししたの？」

「はい、付き人の方数名とともに」

普段着用のワンピースからすぐにお出かけ用のワンピースに着替え、シンプルなイヤリングとネックレスをつける。そして手早く髪をブラッシングして応接間へ急いだ。

「おお、あけましておめでとう、櫻子君」

「鵲のおじいさま、ご無沙汰《ぶさた》しております。あけましておめでとうございます。今年もどうぞよろしくお願いいたします」

「こちらこそ。いつも秋穂と仲良くしてくれて嬉しいよ。さあ、君も座りなさい」

友人のおじいさまは、ロマンスグレーが似合う老紳士だ。うちの祖父に見習ってもらいたい。

グレーのスーツをピシッと着こなした姿は、齢《よわい》八十を超えているとは思えない若々しさ。

ローテーブルを挟んだ向かい側のソファに腰を下ろし、杖をついたまま薄く微笑を浮かべる客人に笑顔を返す。

「突然訪問して申し訳ないね」

「鵲さまならいつでも歓迎いたしますわ」

「それは嬉しいいね、ありがとう」

ゆったりとした口調で穏やかに話す空気に流されそうになるが、この方は元総理。戦前から続く政治家一族の当主であった方だ。ただ優しいだけの紳士なわけがない。

これは、なにかあるわね……と思わせるには十分な訪問だった。

「失礼します。コーヒーをお持ちしました」

歓談中に芙由子さんが給仕してくれる。

「ああ、これはどうもお構いなく。おや、この香りはハワイ産のコーヒー豆かな？」

「はい、ハワイのコナコーヒーが好きなんですの。お口に合えばいいのですけど」

完璧な所作でコーヒーとお茶菓子を置いてくれた芙由子さんに目でお礼を告げて、彼の質問に答えた。

「私もコナコーヒーはハワイに行くたびに、お土産《みやげ》で購入するんだよ。あとはマウイオニオンとガーリック味のマカダミアナッツとかね」

――食べ始めるとつい止まらなくなってね、困ったものだ。

そう和《なご》やかにコーヒーを飲みながら近況報告をしたところで、鵲のおじいさまがカップをソーサーに戻した。

小さく陶器が響く音が届く。

それが合図のように、私の背筋もピンと伸びた。

「実は君に折り入ってお願いがあるんだが、聞いてはもらえないだろうか」

「まあ、私にですか？　なんでしょう？」

手を組んだまま私を真っ直ぐに見つめる視線の強さに、内心ドキリとする。

顔に刻まれた目尻の皺《しわ》や、柔和《にゅうわ》な中に見え隠れする厳しさを感じ取ると、冷や汗が流れてきそうだ。

一体なにを頼む気なの。あまりいい予感はしない。

「アズィーレ王国の王弟殿下のご子息が、今月末非公式に日本を訪れることになっていてね。櫻子君にもお会いしたいそうだ」

「……え？　私にですか？」

アズィーレ王国は、アラブにある。国土は小さいが、豊富な資源を持つ豊かな国だ。

石油や天然ガスなどを日本にも輸出しており、またうちの会社が請け負う国家プロジェクトでも、エネルギー開発部門がこの国と繋がりを持っている。

王弟殿下のご子息ならば、たとえ王位継承権はなくても立派な王族。王太子の従兄弟になる。

お会いしたこともなければ、アラブの王族などと面識があるわけでもない。

かの国の王族なら、会社のひとつやふたつ、経営しているだろう。恐らくは、天然資源関連の仕事の話をしたい……だけではないわよね。

どうして私に？　という疑問は、あっさり種明かしされた。

「アズィーレは親日派でね、先代国王とは私が首相時代に知り合って以来ずっと交流があるんだよ。実は先月王宮に招かれたときに孫たちの話になって、流れで秋穂の写真を見せてね」

スマホを取り出し、彼は画像フォルダから写真を選んだ。

画面には秋穂と夏芽君、そして私が写っていた。

「目ざとく孫とひ孫の隣にいる女性は誰だ？　と」

「その王弟殿下のご子息に尋ねられたんですね」

「その通りだ」

申し訳なさそうに彼は頷いた。

孫とひ孫の写真を探していたら私が写っているものも出てきたのだろう。秋穂が送った写真は、去年の秋に彼女の家で撮影したものだった。

そういえばこの頃はまだ早乙女と男女の仲になっていなかったな、と考えながら続きを聞く。

曰《いわ》く、私に興味を抱いたのは、三番目のご子息のラシードさま。

現在三十二歳の独身。そして私の想像通り、油田開発事業に携わっている。王弟殿下と言えど一経営者で、その息子たちも、それぞれ会社——世界進出をしている大企業を任されているらしい。

「それでラシードさまが、君が鷹司家のお嬢様だと知ると、余計興味を抱いてしまってね。噂の東洋の黒真珠と」

「それについては不本意な呼び名なのですが」

思わずこめかみを人差し指でほぐす。

一体誰がいつ言い始めたのかわからないが、社交界で私をそう称《たた》えた人がいたらしい。誰の手にも落ちぬ真珠と言われているそうだが、バカにされている気分にもなり、非常に不愉快だ。

「その場にはちょうど君のおじいさまもいたことから、話がトントン拍子に進んでしまって」

「え？　祖父もいたのですか？　アズィーレに？」

「知らなかったのかね？」と訊《き》かれたが、なにも聞かされていないわよ。

その様子に、祖父の性格を十分把握している鵲のおじいさまも、納得がいったらしい。

「君のおじいさまは、すべて君に任せると言っていたが。どうだろうか？　会うだけ会ってみるというのは」

「ただお会いしてお話しするだけ、ですよね？」

念押しすれば、苦笑が返ってくる。

「そう我々も認識しているがね、彼《か》の方がなにをお考えかはわからぬところだ」

非公式での訪問。護衛や付き人もいるが、男女二人の逢瀬。

これを会うだけと呼ぶか、見合いと呼ぶか。微妙なところだ。

しかし断る選択肢は、私にはない。

祖父は任せるなんて言ったらしいが、これは決定事項だ。なにせ話を持ってきたのが、元総理。

現役を辞しているとは言え、彼の影響力は未だに健在。

友好国としての地位を築いた顔に泥を塗るわけにもいかない。

ここで断れば国際問題……。大げさじゃないのが恐ろしい。

「承知しましたわ。お会いするだけでしたら」

「おお、そうか。会ってくれるかね。ラシードさまも喜ばれる」

うんうん、と嬉しそうに喜ぶ秋穂のおじいさまに、「楽しんでもらえる話題を提供できるかは、お約束できませんよ？」と忘れずに告げた。

「ははは、彼はなかなかに優秀な男だ。それに日本の文化や伝統工芸をいたく気に入っている。櫻子君が茶道《さどう》や日舞などに精通していると知れば、話題が尽きることはないだろうね」

「さようでございますか」

仕事ついでの休暇で来日するラシードさまの日程を聞き、その中から都合のいい日を教えた。

結果、一月最後の土曜日に、石油王の王族とお会いすることが決まってしまった。

どうやら今年はなにが起こるかわからない年になりそうだ。


その日の夜。秋穂から電話がかかってきた。

『ごっっめん！　本当にごめん、うちのじいさまが！』

「いいわよ、気にしなくて。秋穂のせいじゃないでしょ」

『いや、間接的に私のせいだし。身内だからと安心して、断りもなく写真をじいさまに送ったのは私だもの。他の人に見られる可能性を完全に失念してたわ』

友人が家族に写真を見せるのは、普通の行為だ。鵲のおじいさまも、私を故意に見せたわけじゃないだろう。

『お詫びにはならないかもだけど、私が嫁に行く前にじいさまからもらった振袖を櫻子に譲るって伝えたから！　まだ一度も袖を通してない新品同然のお着物だし、櫻子も気に入ると思うわ』

「ええ？　そんな大事な着物、もらえないわよ。秋穂のおじいさまが選んだ振袖なら、特注した最高級品でしょうし」

『なんとかっていう、京の名門で加工された振袖らしいわよ。私着物なんてさっぱりわからないし、着付けすらできないからあまり興味がないんだけど。櫻子みたいな和風美女のほうが似合うと思う。薄いピンクで桜模様の古典的な柄だけど、とっても上品よ』

「いや、それこそタダで受け取れないわよ。いくら友人でも」

京友禅の名門の振袖だなんて、私も数枚持っているが数百万の値段だ。

くれると言うからもらった、と気安く受け取れる代物《しろもの》ではない。

だが、秋穂はひかず、結局私が譲り受けることになった。

「うちの祖父も絶対なにか噛んでるから、秋穂のおじいさまだけのせいじゃないんだけど」

『それでもよ。いきなりアラブの王族と見合いだなんて。櫻子にはもう決まった相手がいるというのに』

「ちょっと待って、見合いって決まってないから。ただお茶して解散よ」

『ふ～ん？　決まった相手がいる、には反応ないんだぁ』

顔を見なくてもわかる。今思いっきりからかいの表情が浮かんでいるだろう。声がにやついていた。

「早乙女は私の恋人なんだから当然でしょう。とにかく、私は適当にやるから、気にしなくていいわよ。仕事の話だけで終わるだろうし」

そう、考えようによっては、これはチャンスだ。普通は知り合おうと思っても知り合える相手じゃない。縁を作ってくれたおじいさま方には、感謝するべきだ。たとえどんな思惑があろうとも、会社としては喜ばしい繋がりのはず。もちろん、私が相手の機嫌を損なわなければ。

『まあ、あんたがそう言うならいいけど。でも、案外惚《ほ》れちゃったりしてね～？　だってラシードさまってすんごい美形の王子様で有名だし』

「アラブの王子様？」

『アラジン系の見た目じゃなくて、白馬のイメージのほう』

写真見てないの？　と言われ、すぐさま自室のパソコンを立ち上げて、ネットで検索した。

名前を入力すれば個人の公式プロフィールどころか、公《おおやけ》の場で撮られたのであろう写真まで出てくるんだから、怖い世の中だわ。

「ねぇ、秋穂。この方、金髪碧眼《きんぱつへきがん》なんだけど」

『お母さまがヨーロッパの方なのよ。確か女優をされてたんじゃなかったかしら。お国柄なのかわからないけど、この国の王族の方には西洋系の血が入っていることも多いらしいわよ。お父さまもたしか、西洋人とのハーフだったと思うわ』

「詳しいわね」

彼は、色味の濃い金髪に真っ青な瞳が印象的な、優し気な面立ちの美形だった。

「おとぎ話の王子様のイメージそのまんまね」

『写真撮ってきて！　イケメンの写真！』

旦那がいる部屋で喋《しゃべ》っているくせに、凄《すご》い大胆ね、相変わらず。

少々秋穂の旦那さんには同情しつつ、写真はしっかりと断った。そんな面倒なこと、誰が頼むか。

『でも考えようによっては、ある意味よかったのかもしれないわね。だってラシードさまって、あんたの好きなハイスペックのイケメンだし』

「え？」

『早乙女さんは櫻子の彼氏でも、結婚相手としては見られないんでしょ。なら、どう転ぶかわからないわよね。ラシードさまは早乙女さんに勝るとも劣らないレベルのＤＮＡをお持ちよ』

――あんたは優秀な遺伝子がほしいだけなんでしょう？

友人のその言葉に、声が詰まる。

反論する前に、秋穂が続けた。

『語学はアラビア語、英語、フランス語が堪能《たんのう》。親日家で日本が好きらしいから、もしかした日本語もできるかもしれないわね。美形で語学力があって、有能な経営者。そして王族。一企業のただの秘書とじゃ、客観的に見ればレベルが違う』

「……そんなの、性格まではわからないわよ」

『あら、かなりの人格者らしいわよ？　うちのじいさまが、どうしようもないクズをあんたに薦めると思う？　いくら王族でも三十代前半の若造なんて、じいさまたちにかかれば簡単にあしらえるでしょう』

それはかなり説得力のある話で、思わず黙り込んでしまう。

並べられた条件だけを見れば、私が出会ってきた異性の中でもトップレベル。早乙女の遺伝子を欲している私が、興味を抱いてもおかしくはないほどに。

だけど、だからと言ってその相手に惹《ひ》かれるかは別だ。

「遺伝子がほしいかどうかは、実物に会ってみなければ判断できないわ」

『そうね。でもあんたは条件だけで相手の遺伝子を選んでたんじゃないの？　いくらプロポーズされても、早乙女さんとの未来は選べないんでしょ』

そう問いかけた秋穂だったが、夏芽君がぐずり出したことでその日の電話はおしまいとなった。

通話が切れたスマホに視線を落としたまま、ベッドに寝っ転がる。

「私がほしいのは、より条件のいい遺伝子だけ……？」

天蓋つきのベッドの天井を見上げる。

早乙女の子供がほしい。その気持ちに嘘はない。

できることなら、彼も私の傍《そば》にいてほしい。けれど、結婚には踏み切れない。

「結婚という契約は、私みたいな女には、愛とか恋とか関係のない相手のほうがいいのかもしれない」

家同士で決められた相手。

損得が関わってくれば、結婚が煩《わずら》わしくても、メリットが上回るのなら価値はある。

好きだから、愛しているからという感情では、人生を決めることはできない。

きっと子供の頃からの教育も影響している。頭で計算することがやめられないのだ。

「つくづく、恋愛に向かない女だわ……」

早乙女に恋人だと言ってもらえて、嬉しかったのに。

キスやセックスを知っても、心の底からひとりの男と向き合い、愛することを恐れている。

だって、人の心に不変はありえないから。

気持ちの比重が大きければ大きいほど、失ったときの絶望は計り知れない。

女は美しく着飾ることで鎧《よろい》をまとう。

化粧をして、髪を結って、隙《すき》のない佇《たたず》まいと姿で己《おのれ》をガードする。

むき出しの弱い心に触れられないように。

「こんなぐじぐじした女、早乙女に知られたら嫌われるわね」

私だって嫌いだもの、今の私。

弱音なんて吐きたくない。いつも強い私でいたい。

情けない姿なんて、自分だって見たくない。

呆《あき》れるくらいプライドが高くて、異性からしたら扱いがとことん面倒だと思う。

「三月三日をすぎても私の気持ちが変わらず、妊娠もしなかったら。いっそのこと、お見合い結婚するのもいいかもしれないわ」

お相手は、ラシードさまじゃなくて別の男かもしれないけれど。

心の底から愛せなくても、お互い歩みよることはできるはず。利害が一致する、仕事のパートナーのひとりとして。

「結婚して幸せになりたいなんて、思っていないから。おじいさまに花嫁衣裳が見たいと言われたら、それもアリかしら……」

ひな祭りをすぎたら、早乙女も解放してあげなくちゃ。

彼ならすぐに彼女ができる。だってあんなにいい男だもの、可愛いお嫁さん候補のひとりやふたり……

「ムカつく。私に怒る権利はないけれど、ムカつくわ」

自分以外の女が、彼と腕を組んで歩く姿を想像してしまった。胸の奥がざわざわする。だが、私はそれに気づかないフリをした。

わきあがった嫉妬《しっと》にはきつく蓋《ふた》をして、私はその日、眠れない夜を過ごした。


翌日の朝には宣言通り、鵲家から私宛てに着物が届いた。

私の名前にピッタリな、桜模様の振袖。古典的な柄ながら可愛らしい。

こんな素晴らしいものに一度も袖を通していないとは……

「これ、高いわよ〜……」

迷惑料と思って！　と言っていたけれど、いくらなんでも高価すぎる。

だが、受け取ってしまったものは仕方ない。

未婚のままでいるのだから、これからも振袖を着る機会はいくらでも巡ってくるはず。

「これは今月末まで取っておきましょうか」

ラシードさまが来日するときに着たら喜ばれるだろう。

＊

新年が明けてから、はじめての出社日。

この日は早朝五時起きで、気合いを入れた。準備万端で家を出る。

「おはようございます、社長」

「あけましておめでとうございます」

「あけましておめでとう」

楚々《そそ》とした立ち姿で挨拶《あいさつ》を返す私は、完璧な鎧《よろい》をまとっている。

赤を基調に、四季折々の花々と古典意匠《いしょう》がちりばめられた、艶《あで》やかで豪華な振袖。

新年の始まりを祝うにはピッタリの豪華絢爛《ごうかけんらん》さ。縁起《えんぎ》のいい鶴の羽ばたきが、今年の我が社の未来を感じさせてくれる。

私を出迎える社員たちの中央を、笑顔で歩く。こんな出迎えは、今日だけの特別だ。

もちろん普段はやらないし、やらせないわよ。

立てば芍薬《しゃくやく》、座れば牡丹《ぼたん》、歩く姿は百合《ゆり》の花。とかつて言われた自分を思い出し、ゆっくりと優雅に、新年の挨拶《あいさつ》を返しながらエレベーターへ。その後ろには当然のごとく、早乙女がついてくる。

「今年は気合いが入ってますね」

「あら、今年も、でしょ。新年だもの。場を弁《わきま》えた豪華さは士気を上げるわ」

キラキラしただけのド派手な衣装とは違う。伝統と職人技が合わさった、芸術品なのだ。上質で上品。歴史と美。伝統と物語がこれ一枚に描かれている。

新年の始まりの挨拶をするべく、広報部に赴《おもむ》く。

毎年恒例の挨拶を社内放送するため、とある会議室を貸し切っていた。

「わぁ……！　凄《すご》くお綺麗です！」

「ありがとう」

頬を染める女性や男性陣に笑顔を返す。

かつて証券会社の女子社員やデパートの受付は新年に振袖を着たそうだけど、うちにそんな決まりはない。

一昔前にはあったらしいが、美容院代もバカにならないしねぇ。

それなら何故私ひとりがこんな格好なのかというと、始まりは売り言葉に買い言葉である。

あれは確か、私が社長に就任したはじめての年。鷲尾の『若い女性の振袖姿は縁起《えんぎ》がいい。未来も華やかに感じられるでしょう』とか、嫌味《いやみ》なのか本音なのかよくわからない言葉に触発されて、なら着てくるわよ！　と。

あくまでも上品に、だけど気合いを入れて出社した、はじめての新年。

想像以上に社員の反応がよかった。特におじさま世代の皆様から。

覚悟していた女子社員のやっかみなどもなく、むしろ称賛される始末。

なんだ、着物一枚でこんなに喜ばれるなら、新年の初日だけは地味でお堅い社長を辞めてもいいのか、と思ったのだ。

各部署に配置してあるモニターをオンにさせる。

滅多にないけれど、たまに部署全体とのテレビ会議などでこのモニターを使ったりするのだ。

まるで私のマネージャーのようにはりついている早乙女をちらりと横目で捉えてから、広報の担当社員に合図を送った。

すっと息を吸い込んで——笑え、櫻子。

「皆さま、新年あけましておめでとうございます。取締役社長の鷹司櫻子です」

去年の課題のやり残し、今年の課題と抱負。そして特に力を入れたい新事業への意気込み。

三分ほどの簡単なスピーチを終わらせ、背筋を伸ばしたまま締めの言葉を紡《つむ》ぐ。会議室のモニターに数秒ごとに切り替わる、各部署の社員たちの顔を眺めながら。

「私の座右の銘《めい》は、有言実行《ゆうげんじっこう》。できたらいいなでは終わらせないわ。やるからには全力で戦いに挑み、勝利をもぎ取るために、力の限りを尽くす。今年の目標も志《こころざし》を高く持って、去年よりも飛躍する年にしましょう」

そう締めくくると、モニターに社員たちの盛り上がる様子が写った。彼らから雄叫《おたけ》びが聞こえてくるようだ。

拍手をする者、腕を振り上げる者。部署ごとの特色がよく表れている。

やる気と士気が上がればいい。勝利の女神を気取って、私は艶《あで》やかに微笑んでみせた。

会社は戦場だ。サラリーマンは企業戦士。女性だって皆戦っている。

ほしいものがあるなら、手を伸ばさなければ。

主張をしない人間に、チャンスは巡ってはこない。

副社長の鷲尾にバトンタッチし、私は会議室の隅《すみ》に移動した。

私が盛り上げた士気を維持させたまま、彼は社員たちを自分の話に集中させる。

落ち着いた口調に、威厳《いげん》と貫禄《かんろく》。数年社長業を務めてきただけじゃ、決して身につかない代物《しろもの》。

悔しいけれど、この会社に彼がいる安心感は大きい。

保守的で頭も固くて、いくら成果を出してもまったく認められた気にならないけど。

会社には鷲尾みたいな人間も必要だ。

続いて専務と常務が簡単な新年の挨拶《あいさつ》を終えて、再びカメラが私を映した。

「社長の個人的な抱負をお聞かせ願えますか？」

広報の女性社員が、ちゃっかり私にインタビューしてくる。

先ほど有言実行《ゆうげんじっこう》を言ったばかり。生易《なまやさ》しい抱負など述べられるはずがない。

「そうね……。では今年は、アラビア語でも勉強しようかしら」

「アラビア語ですか？」

「ええ、中東との取引も控えてるし、エネルギー開発の事業は長期的なプロジェクトだわ。英語だけでは足りないし、知っていて損はないでしょう？」

「ちなみに、一年でどの程度のレベルになるおつもりですか？」

「最低でも読み書きと日常会話レベルかしら」

「それってもうほぼ堪能《たんのう》ということですよね……。さすがです」

「ありがとう。あと、私からもひとつ課題を出しましょう」

え？　という表情になった彼女に微笑んで、同じ部屋の隅に佇《たたず》んでいる上層部の人間をちらりと眺める。

「全グループ会社の役員に命じます。今年中に、読書とゴルフ以外の趣味を作ること。新年のプロフィールに来年も今年と同じく、趣味は読書かゴルフ、なんて無難にまとめたら、ぶん殴るわよ」

でき立てほやほやの社内報のページをカメラに見せる。

グループ会社の役員の顔写真と簡単なプロフィールがのせられているが、そろいもそろってこのおじさま方は、趣味の欄に手を抜いているのだ。

もちろん、読書とゴルフが好きな人もいるだろう。だけど、これは定番中の定番。

「改めて趣味と問われても思い浮かばない、なんてことがないように、今年は自分の時間をもっと大事に、有効的に使うこと。日本人は外国人と比べて、仕事とプライベートの切り替えが下手くそだわ。それではダラダラと仕事を続けているのと同じよ。生産性を上げるためにも、発想の柔軟性を鍛《きた》えるためにも、オンとオフの時間はきっちりと設けるように。これは役員だけじゃなくて、全社員に告げます。仕事も遊びも全力投球！　以上」

同じ部屋にいる役員の中で、唯一読書、ゴルフ以外の趣味をあげていたのは鷲尾だ。休日は奥様との小旅行を楽しんでいるのだとか。

意外な趣味に少しだけ驚いたけど、それは秘密。

「では、社長はどのような新しい趣味を？」

「そうね……、コンビニのお菓子の新商品を試してみたいわ。限定ものとか」

ここでコンビニに行ったことがないなどと言ったら、ドン引きされるだろうから言わない。

市販のお菓子を食べたことも、実はほとんどないんだけど。

最後に、今日から一週間。休み中にご馳走《ちそう》ばかりで胃が疲れている社員のために、ヘルシーメニューを社員食堂で提供する宣伝をしてから、新年の挨拶《あいさつ》は終わった。

仕事始めのこの日は、ほぼ挨拶で一日が終わる。かかってくる電話も、取引先からの挨拶関係が多い。

今日はほとんどの社員を定時より早く退社させて、現在午後五時。

振袖を脱いで持参していた服に着替えた私は、ようやく遅めの休憩にありつけた。

「海外は休みじゃないからねぇ……。やることは減らないわよね」

早乙女が淹《い》れてくれた紅茶を飲んで、ひと息ついた。デスクの上にはチョコレートも置いてある。

本当、いろいろと気がつく男だわ。

日が暮れて、窓の外には綺麗な三日月が見える。

温かい紅茶を一口啜《すす》って、カップをソーサーに戻した。

「ご実家には帰ったの？」

唐突な質問に、書類の整理をしていた早乙女が手を止める。振り返り、淡々と答えた。

「はい、新年の挨拶には」

「そう。その様子じゃ日帰りっぽいわね。あまり実家じゃくつろげないとか？」

「ええ、お察しの通りです。正直に言えば苦手ですね」

複雑な家庭環境から、おおよそのことは読める。異母兄とその母もいるのだから、肩身が狭い気持ちにもなるだろう。

それ以上のことを訊《き》くのは憚《はばか》られて、私はパソコンをシャットダウンさせて立ち上がった。

本棚にフォルダを戻す彼のもとへ赴《おもむ》き、その手を取る。

「いきなりどうされたんですか」

「急にあなたに触れたくなったの。だから触らせて？」

骨ばった手の甲の感触を、両手で包み込んで味わう。

ペンダコとは違うタコもあったり、皮膚が硬かったりと、骨の造りから肌質まで女性のものとは違う。

筋や骨が動くところにそそられる。体型だけでなく、手まで均整が取れているなんて、嫌味《いやみ》なくらいできすぎた男だわ。

自然と彼の手を自分の頬にあてて、その感触を確かめていた。

彼の大きな掌《てのひら》は、私の頬をすっぽりと包み込む。

安心感を与えてくれる、手触りに温もり。知らずほっと息が漏れた。

「お疲れなら、そろそろ迎えの車を呼びましょうか」

「いいの、まだ。もう少し触れていたいわ」

ああ、でもこの男は、確か自分からは私に触れないって言ってたわね。

早乙女から触ることはしない。でも私が触って誘惑するなら、拒《こば》まない。

ほしいものは奪えばいいと言われた通りに、早乙女をソファに誘導する。

彼は私がなにをするのか、様子見をしているのだろう。

大人しく従って、革のソファに腰を落とした。

私が隣に座るのかと思いきや、彼の足元に膝をついたことで早乙女が慌てる。

「なにをなさるつもりですか」

「なにって、気持ちいいことよ？」

ベルトのバックルを外しにかかった私を制止しようと、彼の手が私の手首を掴んだ。

「社長っ」

「名前。それと、あなたが言ったんじゃない。ほしければ奪えって。私には触れないんじゃなかったの？」

手首の拘束が緩んだ。自由が戻った手で、男の欲望を暴《あば》こうとする。

「櫻子さま」

「黙って、旭。あなたは私に触れないと言ったわ。それなら私が触れるしかないでしょう？　ほしいなら奪っていいと言ったのだから、好きにさせてもらうわ」

ファスナーを下ろし、下着の上から膨らみをそっと指でなぞる。

ほんのりと硬さを帯びたそれを下着から引きずり出し、手の中に収める。

「まだ柔らかいわね」

明るい室内で見る早乙女の雄《おす》は、なかなかにグロテスクだ。

でも見るのははじめてじゃないから、抵抗が少ない。

少々滑りが悪いが、拙《つたな》い動きで上下にこする。

片手では握りきれない彼の性器は、徐々に硬さを増した。

「ぴくんって動いて、硬くなってきたわ。血管も浮き出ておまけに熱い。ふふ、面白い」

「櫻子さま、もういいでしょう。そろそろお放しください」

「嫌。そんな風に欲望を湛《たた》えた目でなにを言っても無駄よ。耐える旭の表情は、とんでもなくセクシーでもっと眺めていたいわ」

先端から透明な汁がにじみ出る。すっと指ですくい、手の中の彼のもの全体に塗り込む。

無表情ながらも、目は雄弁だ。苦しさを堪《こら》える早乙女の顔に、ぞくぞくした愉悦《ゆえつ》が走る。

「ん……っ、咥《くわ》えるにはちょっと大きい」

「いけません。そんなこと、なさらないでください」

歯を立てないように口に入れてみようと思ったけれど、これはなかなか苦しそうだ。

ハードルが高いことは後回しにして、舌を使い先端のくぼみに這《は》わせる。

苦味のような、なんとも言えない味が口内に広がる。はっきり言えばおいしくない。

でも、早乙女の切なげな表情と、手の中のものがぴくぴくと反応するのが嬉しくて。もっと見てみたいと思ってしまう。

「……どこで、そんなのを学んだのですか」

裏筋に舌を這わせ、亀頭を軽く吸ったら。喘《あえ》ぎに似た吐息を漏らした早乙女が、眉間に深く皺《しわ》を刻んでいた。

不機嫌そうで、テンションが上がる。そんなご機嫌ななめにならなくても、私が舐めてあげたいと思ったのはあなたがはじめてなのに。

「知識だけならあるけど、実践ははじめてよ。拙《つたな》い動きでわかるでしょう?」

「上目遣いで微笑むのも計算ですか、無意識ですか」

なにを言っているのかしら。

ソファの背もたれに背を預けた彼は、がしがしと手で髪を崩す。

一瞬でラフな髪型になった彼の瞳は、隠すことのできない情欲に塗《まみ》れていた。

質量と硬度が増した欲望が爆《は》ぜる前に、強く吸いついたそれから手を放す。

「替えのショーツも持ってきておいてよかったわ」

濡れて使い物にならなくなったそれを、スカートの下から手早く脱ぎ去った。

パンティストッキングは機能的じゃないと、ガーターストッキングをはくようになってから思う。

蒸れないし、お腹が圧迫されないし。そしてなにより、こうやって情事に耽《ふけ》るときには楽だ。

「口で受け止めてあげてもよかったけれど、やっぱりもったいないからね」

「そんなもの、あなたに飲ませられません」

「確かにおいしくはないわ」

「ならオーラルセックスなんてしないでください」

「気持ちよくなかった？」

スカートをめくり、彼の膝を跨《また》ぐように座り、性器をこすり合わせながら尋ねる。

傍《はた》から見たら、男の上に跨がる淫乱な女以外の何者でもない。

ぬちゃ、くちゅ、という粘着質な水音が、官能を煽《あお》った。

「……気持ちいいに、決まってるでしょう。たとえ拙い動きでも、愛しい女性が自分に奉仕しているなんて」

深々とため息を吐《つ》いた早乙女に、蠱惑的《こわくてき》に微笑みかける。

「それならいいじゃない。あなたが気持ちいい顔をしてくれるから、私も気持ちよくなれるの」

好きな人が快感に喘ぐ姿は、癖になりそう。

「ふふ、流石《さすが》に今はゴム持っていないわよね。鞄の中に入っているのは知っているけど」

「櫻子さま……」

くぷり、となにもつけていない楔《くさび》の先端が蜜口に埋まる。

訪れる快楽の予感に、身体が歓喜で震えた。

「あ……ん、はぁ……っ」

ゆっくりと、確実に隘路《あいろ》を押し広げ、熱く脈打つ楔《くさび》が私を満たす。

圧迫感が苦しくも気持ちいい。ピッタリと下肢を埋め尽くす彼の屹立《きつりつ》を内襞《うちひだ》で絡めながら、私は目の前の早乙女の胸板にもたれかかった。

「ズボン、汚しちゃうかも。ごめんなさい」

「そんな心配はしていませんが、あまり締めつけないでください。すぐに達してしまいそうになる」

「苦しむ旭の顔、好きよ？　とっても色っぽくってぞくぞくする」

うっとりと至近距離で眺めれば、視線を逸《そ》らされた。

私に触れない彼をいいことに、ネクタイを緩めてボタンをふたつほど外す。

「引き締まった胸板も、鎖骨の窪《くぼ》みも喉仏も。とてもそそられるわ」

繋がったまま鎖骨のすぐ下に強く吸いつけば、赤い鬱血痕《うっけつこん》が綺麗に咲いた。

ゆるゆると腰を振り、快楽の火を灯《とも》す。

最低限にしか乱していない服が、私をより倒錯的な気分にさせた。

「いやらしい女は嫌い？」

無抵抗な男を、好きに蹂躙《じゅうりん》する女。

私の外見からは、こんな痴態《ちたい》なんて想像できないだろう。

「どんなあなたでも、私が幻滅するはずがありません」

「どうしてそこまで？」

掠《かす》れた声が色気を孕《はら》んでいて、余計心と身体が高揚する。

はっきりと、自分が早乙女に発情していると実感した。

フェロモンを滲《にじ》ませた声で、彼が答える。

「あなたが愛おしいから」

「……っ」

視線を絡めて真っ直ぐ告げられた言葉に感じたのは、嬉しさよりも胸の痛さ。

ズキン、と胸のどこかが軋《きし》み、一瞬呼吸が苦しくなった。

……ダメだ。この男は優しすぎる。

決して口数は多いほうじゃないし、表情だって豊かじゃないのに。私を見つめる目に宿るのは、私を求める欲望と、彼が言った通りの〝愛おしさ〟。

これ以上私のわがままに付き合わせていたら、彼を不幸にする。そう、わかっているのに――

浅ましく腰を振り、早乙女の精を搾《しぼ》り取るのをやめられない。

「好きよ、旭」

「櫻子さま……」

唇をそっと彼の口に合わせて、囁《ささや》く。胸の痛みと良心の呵責《かしゃく》に気づかないフリを続けながら。

私が紡《つむ》ぐ告白は、彼の自由を奪う呪縛のよう。

このままじゃいけないとわかっているのに、優しさにつけ込んで快楽を貪《むさぼ》る私は、まるで物語の魔女だ。お姫様になりそこねた、醜《みにく》い欲の塊《かたまり》。

腰の律動は続け、彼の楔《くさび》を胎内に呑み込みながら、愉悦《ゆえつ》を滲《にじ》ませた微笑を浮かべる。

そして思考は、欲望の計算を繰り返す。

子供はほしい。だって血が繋がった肉親なら絆《きずな》が切れることはないから。

早乙女もほしい。彼の傍《そば》にいるのは居心地がいいから。

でも、夫を欲するには勇気が足りなかった。

世の中には二通りの女がいる。結婚しないと生きていけない女と、結婚しなくても生きていける女。

経済面、精神面、又は恋愛の延長線でと、結婚する理由は様々だけど。番《つがい》を欲するのは、動物の本能であり自然な行為だ。己《おのれ》の子孫を残し、血を脈々と後世に残していくには。

私は男を必要としなくても生きて行ける。その気持ちは今も変わっていない。

けれど恋人を得た今、女としての悦《よろこ》びも確かに感じている。できることなら一緒にいたいとも。

それなのに、こんなにも好きなのに、結婚への決意は固まらない。

私には彼と同じ気持ちを返すことも、「愛している」と言ってあげることも、できそうになかった。

「ッ……、もう」

「イって、旭。気持ちよくなって……」

静かな室内に二人分の乱れた呼吸と、淫靡《いんび》な水音が響く。

早乙女の胸板に手を這《は》わせながら腰を振り続け、収縮した膣《ちつ》が彼の精をより一層絞り上げるように射精を促《うなが》した。

「ダメです、櫻子さま」

「いや……、ちょうだい、中に……、っ！」

たくさん出して、私にあなたの遺伝子を受け止めさせて。

何度も堪《こら》えていたが、とうとう早乙女は欲を放出させた。

熱い飛沫《ひまつ》が最奥に注《そそ》ぎこまれ、身体の奥が満たされる。彼が達したのと同じく、私の中の快楽もはじけた。

指一本私に触れない彼に口づけて、囁《ささや》きを落とす。

「姫始めね」

早乙女が目の端をほんのりと色づかせたまま、こちらを見る。瞳の奥に潜んだ彼の情欲の炎は、鎮《しず》まっていない。

未だに胎内に埋まったままの状態で、今度は自分から襲いかかってしまいそうで、必死に理性を働かせて抑えているのだろう。

自分で言ったことを守り、私に奪わせてくれる。

優しくて不器用で、いつも真摯《しんし》なあなた。

好きなだけじゃ一緒にいることはできない私が、隣にいるべきじゃない。

三月の約束の日まで二ケ月弱。それまでに私は早乙女離れをしなくては。

彼の想いにどうしても応《こた》えられないなら、これ以上この人を縛るべきではないのだ。
「好き」とは言えても、「愛してる」とは言えない。
不誠実で自分勝手な女が愛を語る資格なんて持っていないから――
彼の精を胎内で受け続けて数ヶ月。
未だに平らなお腹が、今後選ぶべき道を標《しる》しているように思えた。

第六章　Full Moon　――満月――

一月最後の土曜日。私は今月だけでもう何度目になるかわからない振袖姿を披露していた。

秋穂から届けられた薄ピンク色の見事な振袖をまとい、指定されたホテルへ向かう。

目的はそう、鵲元総理から頼まれた、アズィーレ国のラシードさまにお会いすること。

海外からの著名人も多く泊まることで有名なホテルのロビーには、たくさんの人がいる。

だが人目につかずに通れる道もあり、私はそこを歩いていた。そして案内されたのは、惚《ほ》れ惚《ぼ》れするほど美しい日本庭園が観賞できる、喫茶店の一角だった。

ホテルのフロントデスクから離れたここは、人の気配をちらほら感じつつも、落ち着いた空間だ。観葉植物など、視界を遮《さえぎ》るものが多いからだろう。

時刻は午後二時。お昼をすぎて、ほっとひと息お茶を飲む時間だ。

私の護衛は三名ほどついてきているが、他の客に邪魔にならない場所で待機してもらっている。

目の前には、目的の人物。自己紹介と簡単な挨拶《あいさつ》を交《か》わした今日の主役、ラシードさまは、並べられた和のアフタヌーンティーに目を輝かせた。

『これは美しい。流石《さすが》、日本はスイーツひとつ取っても、繊細さを失わない』

輝く美貌で甘く微笑めば、大抵の女はいちころだろう。

『お気に召したのでしたらよかったですわ。ラシードさまは和菓子がお好きと伺《うかが》ったので、こちらのちょっと変わったアフタヌーンティーも楽しんでいただけるかと』

『来日すると必ず和菓子を買いに行くほど好きだ。見た目の美しさもさることながら、洋菓子にはない素朴《そぼく》な甘味と繊細さにはいつも心を奪われる』

重箱《じゅうばこ》に入った和菓子のセットを見て、ラシードさまはその麗《うるわ》しいお顔をほころばせた。

そして私に『先ほども言ったが、ラシードと呼んでほしい。私もあなたのことは、櫻子と呼ぶからいいだろう？』と言ってのける。

仮にも王族。私の比ではない数の護衛を従わせる彼からの頼みは、命令と同義だ。

甘やかな声でのお願いに、私は控えめに微笑んで頷き返す。

『では、ラシードと呼ばせていただきますわね』

『光栄だよ、櫻子』

傍《はた》から見たら、まるで付き合いたてのカップルみたい。

だがしかし、お互い社交的な笑みしか浮かべていない。

アズィーレ王国の国王陛下の甥《おい》であるラシード・ビン・アスラム。本名はもう少し長いらしいが、覚える気がしない。

ネット情報から外見だけは知っていたけれど、実物のほうが上だった。

物語の中の王子様像にピッタリハマるキラキラな王族って、凄《すご》いわね。

金髪碧眼《きんぱつへきがん》の外国人なんて見慣れているけれど、アラブの王族に会うのははじめてだ。

彫りの深い顔立ちは、アラブ系だからだろう。純粋な西洋人より、色素も少しだけ濃い。

『これはわらび餅《もち》だね。きな粉と黒蜜にあんこも好きなんだ』

『お抹茶《まっちゃ》との相性もいいですよね。ラシードはお抹茶はお好きですか？』

『私はコーヒーよりも抹茶のほうが好きだな』

変わった外国人だわ。思わず笑ってお抹茶を一口啜《すす》る。

ところで何語で会話をしているんだと思われるだろうが、今のところは英語だ。他の言語だとフランス語での会話もできるけれど、一番無難なのは英語である。

彼は日本語はまだ勉強中だと言うし、私もアラビア語は取得できていない。

『美しい女性とこうやってお茶を楽しめるなんて、私は幸せ者だな』

『私のほうこそ、ラシードのような素敵な殿方とお茶をご一緒できて嬉しいですわ』

口が上手い男性でこの美貌なら、入れ食い状態ね、なんて失礼なことを考えながら、しれっと流す。

お互い社交辞令だろう。本気にしていたら大変だ。

『これは私の本音だよ、櫻子。写真で見たときから、運命を感じていたんだ。身体に電流が流れたような衝撃を受けてね。まさに理想の女性を見つけたと思ったんだよ。鵲元総理とあなたのおじいさまに感謝したいくらいに』

芸能人がよく言う、ビビッと来た！　ってやつか。

そんな衝撃を体験したこともない私には、反応に困る言葉だ。

都合の悪いことは笑顔で流し、その会話から気になる点だけを抜き取る。

『少々気恥ずかしいですわね。鵲さまったらなにを見せたのかしら。それに祖父までご招待していただいていたなんて、私存じ上げておりませんでした。こんなことを尋ねるのもおかしな話ですが、祖父の様子はいかがでしたか？』

『あまり会っていないのかい？』

『滅多に帰国しないのですよ。会社は部下や私に任せて、隠居生活を満喫しているのです』

スイスにいるんじゃなかったのか、あの人は。

やはりスイスを拠点に世界中を遊び回っているのだろう。

『そうだったのか。孫娘を心配させて、困ったお人だね』

苦笑気味に応《こた》えたラシードさまは、祖父が元気だったと教えてくれた。

『それを聞いて安心しましたわ。私の唯一の身内ですから』

抹茶《まっちゃ》をふんだんに使ったケーキにフォークを入れる。

和と洋がまざったケーキも、甘すぎず絶品だ。

食後にほうじ茶をポットごともらい、ひと息つく。

世間話から仕事の話をし、あっという間に一時間がすぎた。このままでいけば本当にただ会って話しただけで終わりそうだ。

それならそれでいい。私の外見に引き寄せられた男たちは、そろいもそろって問題ばかり起こしてくれるから、惚《ほ》れたとか男女の情とか、関係ないほうが気楽だ。

温かいほうじ茶を、着物姿の店員がカップに注《そそ》ぐ。お礼を告げて、カップに伸ばしかけた私の手が、目の前に座るラシードさまに握られた。

驚いて見上げると、私の手を取り柔らかく見つめる青い目とぶつかる。

『お茶を飲み終わったら、少し散策しようか。日本庭園が素晴らしいから、食後の運動も兼ねて。どうかな？』

窓の外に目を向ける。暦《こよみ》の上では春とはいえ、まだ寒い冬の空の下、しっとりとしたホテルの庭園は、独特な空気に満ちているように感じられた。

池があり橋もあり、綺麗に剪定《せんてい》された木々はすべて庭師によって計算されたアートだ。どことなく甘やかな空気が漂《ただよ》い始めたのに気づかぬフリをして、私は頷いた。

『ええ、喜んで』

『よかった。着物では動きにくいだろう。私がエスコートしよう』

お茶を飲みほした後、席から立ち上がる。お会計はすべて先方持ちだ。

アフタヌーンティーを楽しむくらいの料金は、アラブの王族にしてみたら些細《ささい》な額なんだろうけど。しっかりとお礼を述べて、庭へ向かう。

するとラシードさまは、護衛たちに目配せした。きっと事前にその予定を打ち合わせていたのだろう。彼らは距離を保ちながらついてくる。

私も自分の護衛に小さく頷いて、ついてこなくてよいと合図を送る。

あまり目立つ行動は避けたい。人が増えれば増えるほど、ラシード様への視線も集めてしまう。

それでなくてもこの美貌だもの。イケメンって大変ね……

容姿も身分も権力も、すべてを持っている男だけれど。未だに独身なのは謎だ。

なんとなく、アラブの国は結婚が早いイメージなんだが。

一夫多妻制で、正室以外にも側室が何人もいたり。

三十すぎて独り身な理由が気になりつつも、私に関係ないことだと自分から尋ねる真似《まね》はしない。

『少し冷えるかな。大丈夫かい？』

『ええ、私はショールもありますので。お気遣いなく』

着物で歩くのも慣れている。よっぽど足元が悪い砂利道《じゃりみち》じゃない限り、着物で躓《つまず》くことはない。

だが、やはり外国人だからか。レディのエスコートには長《た》けていた。

『私の腕を支えにするといい』

遠慮せずに掴まれと言われれば、断るのは難しい。

『ありがとうございます。ではお言葉に甘えて』

スーツにコートを羽織った姿のラシードさまは、横に並ぶとその長身がわかる。均整の取れた体躯《たいく》だ。

細身で、モデルか映画俳優のよう。八頭身で脚も長い。

私の歩幅に合わせて歩いてくれるところから、やはり女性の扱いに慣れているのだなと窺《うかが》えた。

『鹿威《ししおど》し、というのだったか。竹が落ちる音は、どこか落ち着くな。あそこの枯山水《かれさんすい》も見事だ』

結婚式も行われるこのホテルの庭は、なかなかに広い。

ここは旧館で日本庭園の造りになっているが、新館のほうは洋風なイングリッシュガーデンなのだとか。

『日本はお気に召しましたか？』

『ああ、私は日本の文化も食も、芸術も好きだ。とても興味深く面白い。そしてその京友禅を身にまとうあなたは実に美しい。私の目を奪ってやまないほどに』

『この振袖は、鵲元総理からなんですの。元は私の友人であるお孫さんに贈られたものなんですが、彼女はすでに結婚しているので。一度も袖を通していない振袖を譲り受けることになったのですわ。振袖は基本的に未婚女性が着るものですから』

『そうか、それを聞いて安心した。あなたはまだ未婚なのだな？』

……少々雲行きが怪しくなってきた。

私を見つめる青い目に熱がこもっているように感じるのは、気のせいだと思いたい。

『私の指に結婚指輪はないですわよ？』

ひらりと空いている左手を見せる。

元々装飾品はあまりつけない。

なにもない指を見て、ラシードさまはその手を取った。

向かい合わせで見つめ合う形になる。水が流れる清涼な音や風の音が響く中、彼は私をゆっくりと引き寄せて——耳元で名前を呼んだ。

「櫻子」

日本語名のままの、完璧なイントネーション。

テノールの柔らかい声質は、警戒心を抱かせない。

けれど、私の胸を焦がす声ではなかった。

私が求めている声は、もっと低い。こんな声ではなく——

身体が完全に抱きしめられる前に、ぐらりと視界が揺れた。

「え……？」

目の前の顔がダブって見えて、瞼《まぶた》がとろりと下がる。

急激な睡魔に襲われて、私は私の身体を支える人物に無意識に縋《すが》っていた。

『ああ、ようやく効いてきたかな』

恐らく私にはわからないと思ったのであろうアラビア語でそう呟《つぶや》いた。

簡単な単語だけは拾えるのよ……と言いたかった台詞《せりふ》は声にはならず、私の膝から力が抜けた。

『——、——』

今度こそなにを言っているのかわからないが、国から連れてきた護衛係と二、三言葉を交《か》わしている。

それをぼんやりと聞き、私の意識は完全に闇に包まれた。

❀

旭の休日の過ごし方といえば、仕事に関する専門書を漁《あさ》り、ジムで身体のトレーニングを行うこと。

ＳＰ時代に培《つちか》った肉体を衰《おとろ》えさせるわけにはいかない。

出勤前にも毎朝五キロを走り、暇さえあれば筋力トレーニングを行っている。結果、櫻子が惚《ほ》れ惚《ぼ》れする身体を維持しているのだ。

そんな彼は一月に入ってから、厳しい顔で思い悩むことが増えた。いや、元々ここ数ヶ月間悩まされていることだが、今年になってからますます強い風を受けるようになったというべきか。

新年の挨拶《あいさつ》は、当然海の向こう側にいる人物へもおこなった。

八十をすぎても元気に各国を渡り歩いている彼は多忙で、連絡を取るのはなかなかに難しい。が、今回はすぐに繋がった。

櫻子の祖父、鷹司英一郎。飄々《ひょうひょう》とした口調で、彼は旭に最後通牒《さいごつうちょう》をつきつけた。

『――なかなか櫻子が首を縦に振らないそうじゃな？　旭』

交際を始めたことは伝わっている。

櫻子との関係は、ニューヨーク出張から帰国後にすぐに知らせた。

結婚を申し込んでいること、それに断られていること。

元々櫻子の伴侶にと推薦されていただけあって、英一郎が二人の関係を邪魔することはない。

だが、暫《しばら》く様子見をしていたが一向に変化が訪れないため、痺《しび》れを切らしたらしい。

曰《いわ》く、「老人は堪《こら》え性がなく短気になる」んだとか。

『お主に櫻子の相手は無理じゃったか』

「……っ」

ばっさりと痛烈に突きつけられた言葉に、旭は怯《ひる》んだ。

反論も言い訳の余地も与えず、英一郎は続ける。

『あやつの心を奪えないのなら、わしは別の男をあてがうしかないのぉ。今まではたったひとりの孫娘じゃから、好いた男とともになるのが一番の幸せじゃと思うていたが。考えを改めねばなるまい』

「それは、どういうことでしょうか」

『わしももう歳じゃ。人並みに家庭を持ち、安心させてほしかったのじゃが、いつまで経っても櫻子の心は変わらぬ。あやつが最終的には感情よりも打算で動いてしまうのは、わしが教育方針を誤ったためじゃ。ならば責任は取らねばなるまい。あやつが結婚に踏み切るには、本当に好いた相手ではなく、打算が絡んだ相手……つまり政略結婚のほうがよい、ということじゃ』

「……ッ！」

『そうまでしないと結婚には頷かないじゃろう。難儀な娘じゃ』

お主には酷な話じゃがな、と続いた台詞《せりふ》は、旭の頭に届かなかった。

ぐわんぐわんと頭の奥で耳鳴りがする。

動揺を押し殺し、もう決まった相手はいるのかと尋ねた。

『候補者は探し出した。後は櫻子が頷けば、婚約成立じゃ』

『すまなかったのぉ』と謝罪されたが、そんなことはどうでもいい。

彼女の心をすべて奪えない己《おのれ》の力量不足だ。

だが、まだ諦めていない。その意志を伝えれば、電話の向こうの気配が変わった。冷静に己を見極められている気になる。

『そうか。ならば他の男に奪われる前に、あやつの心を最後まで奪ってみせよ。もう、次はないぞ』

情に厚いが厳格。普段は好々爺《こうこうや》然とした男だが、その本性は誰よりも厳しい。

楚々《そそ》とした大和撫子《やまとなでしこ》の仮面を被る櫻子の本性が強烈なことといい、鷹司家は己を隠すのが上手い一族なのか。

通話が切られた電話を眺めながら、旭は決意を新たにする。

時間がない。

どうしたら彼女の首を縦に振らせられる？

悩んでは実行し、なかなか手応えが得られないまま一月最後の週末を迎えたその日。思わぬ人物から電話がかかってきた。

「仙崎か？　どうした」

ジムでのトレーニングをやめて電話に出る。

『早乙女、今どこにいる？』

「ジムだが」

『お前速攻で汗流してスーツに着替えて来い！　お前のお姫さんが見合い相手に攫《さら》われたぞ！』

「なんだと？」

思わず荒らげた声に、周囲の人間から視線が集まる。しかしそれに構わず、旭は手早く荷物をまとめてその場から移動した。

仙崎はＳＰの任務で警護中だと言うが、そこでタイミングがいいのか悪いのか、振袖姿の櫻子と、外国人の男を見かけたそうだ。

『おや、あれは鷹司家の令嬢と、アズィーレ国王の甥《おい》ではないか』

そう呟《つぶや》いたのは、護衛中の舞鶴《まいづる》外務大臣。

アズィーレから、非公式でラシードが来日することは聞いていたが、詳しい行動予定までは知らされていない。

たまたま偶然見かけたというにはできすぎな気もしたが、そんなことは旭にはどうでもよかった。

一体攫われたとはどういうことだ。

仙崎によると、用事を終わらせた舞鶴大臣と再びロビーに戻ったとき、鷹司家の護衛とアズィーレ側の護衛が揉めていたらしい。それに目ざとく気づいた舞鶴大臣が彼らを人目につかぬ場所に移動させ、尋ねたのだ。なにがあったのかと。

『アズィーレ側は姫さんが具合悪くなったから休ませている、と言ってるらしいが、鷹司家は自分たちに知らせずに移動させたことに憤慨している。主《あるじ》に異変があった場合、知らせが行くのは当然だろう。意図的に移動させられた可能性が高い』

「お前、そんなこと俺に知らせて大丈夫なのか。任務中に起こるすべてのことは機密事項だぞ」

『大丈夫だ、許可を得ている。っつーか、舞鶴大臣から連絡するように言われたんだよ』

「なんだと？」

大臣が一体なにを考えているのかはわからない。だが、悠長なことをしている暇はない。

急いで支度をすませた旭は、指定されたホテルへ車を走らせた。

嫌な予感がする――

「くそっ、これがあの人の指示だったら最悪だ」

櫻子が唯一従わざるを得ない相手である、鷹司家の当主。

よりによって選ばれた候補者が中東国家の王族だなんて、誰が予想できただろうか。

彼女は自分のものだ、他の男に指一本触れさせてたまるかっ。

傷つけるようなことをされていたら、たとえ国際問題に発展したって容赦しない。

車で二十分の距離が、ひどくもどかしく感じた。

✿

……頭が少しぼんやりする。身体もだるい。

カシャ、カシャ、という機械音を耳で捉え、不審に思いながら重い瞼《まぶた》を押し上げた。

ほどよく明るい光が目に眩《まぶ》しい。

顔を歪めて不快さを露《あら》わにすれば、カメラのシャッター音のような耳障りな音がやんだ。

代わりに響いたのは、意識を失うまで会話していた人物の声。

『ああ、目を覚ましたかな。おはよう、櫻子』

『……ラシード？　ここは一体……』

ぐわん、と揺れた頭を僅《わず》かに振って、思考を働かせる。

外にいたのに、何故か屋内に移動している。

見たところ、ここは同じホテルのスイートルームかデラックスルームか。

広々とした居間にキッチン、バーカウンターとソファ。

あの扉は恐らく寝室に繋がっているのだろう。

流石《さすが》、著名人や海外からの国賓《こくひん》を泊める部屋だけある。調度品も一目で見て、質のいいのを使っているとわかる。

しかし何故私はそんな部屋で、豪奢《ごうしゃ》なひとり用のソファに座らされて写真を撮られているの。しかも、丁寧なことに撮影用の照明まで置かれている。

嫌な予感しかしない。

『……私、雑誌モデルに起用された記憶はないんだけど？』

『そんな雑誌があったらまとめて全部買い占めようか』

冗談とも本気ともわからない台詞《せりふ》を吐く男は、アズィーレの王弟子息、ラシードさまで間違いない。

キラキラした美貌と穏やかな口調は人好きのするものだが、この状況は理解不能だ。訊《き》くのも恐ろしいが、尋ねないことには話が先に進まない。

『さて、説明してもらえる？　私たち、ホテルの庭園を散歩中じゃなかったかしら』

上辺だけの笑みはもういらない。

愛想のいい可憐な仮面をはぎ取り、口調もいつも通りに戻す。

その変化にまるで動揺もせず、ラシードは一眼レフのカメラを抱えたまま私の数メートル先に佇《たたず》んでいた。

『私はね、美しいものが好きなんだ。ただ美しければいいというものではない。私の関心を強く惹《ひ》きつけたのは、日本の伝統工芸、アートだ。西洋のものとはまた違った繊細で緻密《ちみつ》な造りは、いくら称賛を与えても足りない。中でも一番美しいと思うのは、着物だよ』

『あなたは着物マニアってことかしら？　だから振袖を着ている私の写真を、許可なく撮っていたと？』

恐らくなにかに睡眠薬でも入っていたのだろう。

つまりこれは計画的な拉致《らち》事件。私の護衛たちが今頃騒いでいるはずだ。

そういえばこの男の護衛は？

外で待機している可能性が高い。となると、私の護衛はなにかしら言いくるめられているか、実力行使に出られて動けずにいるか。

『着物だけではないから言いきれるものではないが、まあそう解釈してくれて構わない。私は美しいものにとても興奮を覚えるんだ』

『……』

感情を抑えたポーカーフェイスのまま、全身に鳥肌が立った。

ヤバいわよ、秋穂。こいつとんだ変態じゃないの！

誰だ、おとぎ話の王子様で人格者だとか言いやがったのは。

『私は幼い頃に、日本の伝統芸能に魅《み》せられてね。さらに日本文化に触れて、一番心を惹《ひ》かれたのが着物だった。職人が染め上げた渾身《こんしん》の作品は、まさに一級品の芸術。繊細で古典的な柄から斬新《ざんしん》なデザインまで様々だが、今では日常的に着物を着る女性が少ないとか。実に悲しいことだ』

『それで、こんなことを仕組んだのかしら。未婚の男女が引き合わされる場を設定されたら、大抵の人間はお見合いだと認識する。はっきり見合いと言わなくても、そう解釈されるのが普通よね。未婚女性の見合いの礼服は昔から振袖と相場が決まっているもの。私が着物を着てくることを想定して、私に会いたいと申し出たの？』

『あなたがとても好みだった。そんなあなたが着物を着たらもっと美しいだろう。そう思っていたのは事実だ』

『それで睡眠薬を飲ませて寝ている私を撮影していたってわけ。立派な趣味をお持ちね』

軽蔑《けいべつ》の眼差《まなざ》しを浴びせる。

もはや鵲元総理から頼まれてた相手とか、祖父の知り合いだとか、どうでもよくなっていた。

王族だからってなにしても許されると思ってんじゃないわよ。

国際問題覚悟の上でこんな暴挙に出たんでしょうね？

……って、実際のところ、機嫌を損ねたらまずいのは、こちらのほうだ。アズィーレは資源大国だった。つくづく輸入に頼っている国は立場が弱い。

『ああ、寝ている櫻子はとても美しかった。まるで等身大の日本人形のように』

恍惚《こうこつ》とした笑みを浮かべる男に、生理的な嫌悪感《けんおかん》がわく。

人形のように綺麗だと言われることは、聞き飽きた。

黙っていれば、私は和風美女に分類されるらしい。

そういえば、過去幾度か、変態気質な権力者から狙われたこともあった。

潔癖な少女時代、男の欲望はただ気持ちの悪いものだった。

そして今目の前にいる美しく麗《うるわ》しい王子様は、そんな過去の男どもを彷彿《ほうふつ》とさせる台詞《せりふ》を放つ。

『芸術品の中でも、着物は見ているだけで性的に興奮する。着物を着ている女性に対しても同様だが、着物を脱いだ生身の女性にもその興奮が持続するかはわからない。試したことがないからね。だから、脱いでくれないか？　その振袖を』

『……なに言ってるの？』

『美しい振袖を脱いだ櫻子にも興奮するかどうか確かめたい。また、私に着付けをさせてほしい。なに、知識はある。実践経験がないだけだ』

ぞわわ、と悪寒《おかん》が全身に走る。

イケメンの写真を撮ってきて、なんて気楽に言っていた親友へ言いたい。この男、本気で気持ち悪い。

震えそうになる身体に気づかれないよう毅然《きぜん》とした姿勢を貫き通しているけれど、この場から去りたくて仕方なかった。

ふと脳裏に、早乙女の顔がよぎる。自分に甘えろと言った彼の言葉とともに。

……そうだわ。もし例外があるとすれば、早乙女だけ。私がわがままを言えるのも、私に触れる権利を持つのも、早乙女だけだ。

はじめて弱さを見せてもいいと思えた男性に、甘えるときはきっと今。過去の私ではできなかった、誰かに甘えるという行為。プライドも外聞も捨てて、思いきり早乙女のぬくもりに包まれたいと思った。

けれど、物語のヒーローはヒロインのピンチに現れるのが筋でも、現実はそうはいかない。

――今いないヒーローをあてにするより、自分でここから脱出しないと。

隙《すき》を見せないために、怯《おび》えは隠す。

おしとやかで清純な大和撫子《やまとなでしこ》の仮面はもういらない。この男のペースに巻き込まれたら、望まぬ事態にまで発展してしまうだろう。

必死に動転をおさえ、艶然《えんぜん》と、蠱惑的《こわくてき》に、相手を虜《とりこ》にする微笑を浮かべる。

まとう空気の変化に気づいたラシードは、カメラのファインダー越しに私を捉えて、一度シャッターを切った。

『ほう？』と小さく笑ったときが、きっと彼の仮面が外れた瞬間。

くすりと笑いをこぼし、正面からラシードを射抜くように見つめた。

「残念だけど、あなたの遺伝子にはまったく興味がないわ。いくらスペックが高くても、これっぽっちも惹《ひ》かれない」

日本語で、凛《りん》としたよく通る声で告げる。もう、英語を使う必要はない。

日本の伝統芸能も好きで、ここまで日本文化に精通している日本オタクが、片言しか日本語を理解できないはずがない。

十中八九、わかるはずだ。私がなにを言っているのかを。

一拍後、カメラを置いて苦笑したラシードは、私に近づいた。

そして流暢《りゅうちょう》な日本語で返答する。

「面白い。そんなことを私に言った女性は、君がはじめてだ」

「逆は何度かあったのかしら。だけど残念。私には変態趣味に付き合う気はないわ」

「たとえばこれが、外交と経済目的で、国同士の繋がりを求められているものだとしても？」

「国際問題に発展するから従えと？　それをどうにかするのが政府の仕事でしょう。私ひとりに押しつけてタダですむ問題でもないわ」

「君の祖父から許可はもらっているが。孫娘に求婚するのも好きにしていいと」

「好きにしていいをゲスな方向に曲解《きょっかい》しているなら、お呼びじゃなくてよ」

「大人しそうに見えて気が強いなんて、ますます私の好みだな」

「あら残念。変態属性のあるヤンデレ予備軍は嫌いなの」

薬を盛って拉致《らち》るくらいだ。ヤンデレの片鱗《へんりん》が見える。

目の前にまで近づいた男を、ひとり掛けのソファに座ったまま真っ直ぐに見上げる。

見れば見るほど、ラシードの容姿は端整だ。

だけど、王子様然としていた姿はやはり表の姿だったのだろう。素の彼は、一癖も二癖もある気配を漂《ただよ》わせている。

危うい色気をばらまきながら、彼は私の顎《あご》をくいっと上に向かせた。

「嫌いと言われると、意地でも好きだと言わせたくなる」

「許可なくレディに触るなんて、由緒正しいアズィーレ王家の一員にあるまじき行為じゃなくて？　無礼ね。その手を放しなさい、ラシード」

「王家の一員の私に命令する女性も珍しい。気に入ったよ、櫻子。このまま国に連れ帰ってしまおうか」

蕩《とろ》ける眼差《まなざ》しを向ける男と、鋭く睨《にら》む女。

両者一歩も譲ることなく視線を交差させたまま、私は拳《こぶし》をぐっと握る。

ラシードが私の顎を上に向かせ、唇が触れようとしたそのとき――

派手な音が扉付近で響き、何人かが雪崩《なだ》れ込んできた。

『ラシード――、――！』

アズィーレの護衛たちのようだ。見事に名前しか聞き取れない。

だが呆気にとられた直後、見慣れた人物が現れた。

「櫻子さまっ！」

「……早乙女？」

髪を振り乱してよれよれのスーツをまとう早乙女は、いつもの隙《すき》のない出で立ちからは想像できない。

彼を羽交い締めにするアズィーレ側の護衛を遠慮なく背負い投げし、アラビア語で言い返している。

あいつ、アラビア語まで習得していたのか……なんて、どこか放心気味に眺めていたら、ようやくすべてを振り切った早乙女が私のもとまで駆け寄ってきた。

「ご無事で……」

と言いかけて、周辺状況に気づいたらしい。撮影機器に、私に手をかける男性――

その光景になにを思ったのか。常に冷静さを忘れない早乙女が激昂した。

「彼女から離れろっ！」

「この私に命じる権限が君にあるのか？」

「権限など関係ない！　犯罪は犯罪だ！」

早乙女が、ソファの上に置かれた一眼レフカメラを手に取った。

躊躇《ためら》うことなく中からメモリーカードを抜き取り、そのカードをあろうことか手で砕く。

バキッとした音とともに、彼の手から残骸がカーペットに落ちた。

スッと私の前から退きつつラシードは、「乱暴だな」と苦笑する。

「酷い男だ。人の所有物を壊す行為は罪にならないのかな？」

「お前に罪を問われる謂《い》われはない」

「男に殴られる趣味はないんだ。退散させてもらうよ。残念だったけど、またの機会にね、櫻子」

ひらりと早乙女の言葉をかわし、ラシードはあっさり背を向けた。よろよろ立ち上がった護衛を引きつれて部屋を出る。呆然と彼ら見送っていると、座ったままだった私は無理やり手首を引っ張られ——気づけば早乙女に強く抱きしめられていた。

荒い呼吸と心拍数が伝わってくる。

ここまで我を忘れた彼を見たのははじめてだ。

きつく抱きしめられている手を緩めてもらうように、ペチペチと彼の背を叩いた。

「大丈夫よ、なにもされてないし。ちょっと睡眠薬を飲まされただけだから、これくらいのことには慣れてるわ。だからそこまで心配しなくて平気……」

最後まで言う前にがばりと肩を掴まれ、彼に見下ろされた。

「こんなことをされて平気とか慣れているとか、そんなこと言うなっ！　大人しく俺に守られていろ！」

瞬《まばた》きも忘れて、一拍後。

「…………はい」

口から出たのは了承の言葉。

いつもの敬語口調じゃないからか。剣幕に押され、素直な気持ちが溢《あふ》れてしまった。

髪を乱し服装もボロボロ。それでも私のために駆けつけた男が、安堵《あんど》の息を吐きながら再び私をきつく抱きしめる。

嗅《か》ぎなれた匂いと熱に包まれて、身体の緊張が緩む。

まだふらつく身体は、逞《たくま》しい腕の支えがないと崩れ落ちてしまいそう。

幼子のように彼の名前を呟《つぶや》く。

「旭、旭……」

じわりと目頭が熱くなる。

虚勢《きょせい》を張る必要のない相手に包まれた安心感に、涙腺が崩壊しそうだ。

「もう少し、我慢しててください。まずは移動しましょう」

ここにきて、冷静さを取り戻したようだ。彼が、私を抱き上げる。遠慮なく首に腕を回し、胸元に顔を押しつけた。

扉を開けたと同時に、早乙女に声がかかった。

「ああ、無事だったか。よかった」

「後は任せた、仙崎」

「げぇ……ったく、しょうがねぇなー」

がしがしと頭をかく音を聞きつつ、その男の隣を素通りすると、今度は壮年の男性の声が届く。

「旭。どこに行く気だ。そのお嬢さんを遠くへは運べないだろう」

その男性は早乙女に、とあるフロアに行くよう告げた。この部屋から一階下りたフロアらしい。

「特別に私の部屋を貸してやる。後のことは私に任せなさい」

「助かります、父さん」

……お父様⁉

思わず顔を上げようとした私に、早乙女は囁《ささや》く。

「あなたは顔を上げないでください。他の男に見られたくない」

独占欲丸出しとも言える発言に、この場にいる二人から絶句する気配が伝わった。

笑い声が後から続き、さっさと行けと彼の父親に促《うなが》される。

指定されたフロアは数室しかない、長期利用者のプライベートエリアになっていた。

話が通っているため、宿泊カードを差し込まずにエレベーターを使えて、オートロックの扉も開いていた。

扉を施錠し、部屋に二人きりになれたところでようやくカーペットに下ろされる。

広々としたマンションの一室のような部屋。高級ホテルの部屋を年間契約している彼の父親は、一体何者なのだろう。

ぼんやりと思考を巡らせていると、早乙女が私を寝室まで移動させた。

「旭？」

「脱がせますよ」

ベッド脇に立たされて、振袖を脱がされる。

着るのも大変だが、脱ぐのも一苦労の着物を、彼はなんなく脱がせていった。

クローゼットの中から着物用のハンガーを取り出し、室内干しにする。

着物用のハンガーがあることに驚いたが、高級ホテルに長期滞在する人は、着物を着る機会も多いのだろうか。

帯も丁寧に吊るした早乙女を、肌襦袢《はだじゅばん》姿で見つめる。

彼は自分のスーツのジャケットも脱いで、クローゼットに吊るした。

一段落し、ようやく落ち着けた頃。彼は私に頭を下げた。

「先ほどは申し訳ありません。声を荒らげてしまって。驚かれたでしょう」

「え？」

「お許しください、櫻子さま」

壁を作られた。

急激に込み上げてくるのは、寂しさや悲しさ。

虚勢《きょせい》が剥《は》がれた私は、とてももろい。

そんな風に距離を作られたら、泣きだしてしまいそうになるくらい。

「……嫌。敬語は、嫌。さまもいらないわ」

正面から早乙女に抱き着けば、驚いた彼が私を見下ろす。

咄嗟《とっさ》に名前を呼んだ彼に、首を左右に振った。

「櫻子でいい。さまなんて呼ばないで」

困惑する彼にお願いする。近づいた距離が離れてしまいそうになるのを、必死に繋ぎ止めるように。

躊躇《ためら》い、何度か口を開閉し、ようやく彼は私の名を呼んだ。

「櫻子」

「うん、なぁに？　旭」

「具合は悪くないか？　身体は、吐き気や頭痛は」

敬語ではない口調で、身体を抱きしめ返してくれながら私の心配をしてくれる。

じんわりと全身がほのかに熱くなった。

快楽を得て火照《ほて》るのとは違う。心が満たされる充足感だ。

訳もわからず泣きたくなる。

目の前の優しい彼に縋《すが》って、抱き着いて、もっと満たしてと甘えたくなった。

「大丈夫。眩暈《めまい》も吐き気もないし、落ち着いたわ」

嘘じゃないと判断したのだろう。彼がほっと安堵《あんど》の吐息を吐いた。

「そうか、よかった」

そう言って優しく目元を和《なご》ませて、微笑んでくれた瞬間。

落ち着いていた涙腺が崩壊した。

「っ……どこか怪我でもしたのか？」

狼狽《うろた》える早乙女に抱き着いて、胸元に顔を埋《うず》める。

涙や化粧がシャツに付着することも考えずに、ただただ彼の温もりを求めた。

様々な感情がせめぎ合う。思考はうまくまとまらず、なにも考えたくなくて。

ただ一番伝えたい言葉が口から零《こぼ》れた。

「好き……。旭が好き」

「……っ」

息を呑んだ彼を見上げて、訴えた。私にはもう、強い女性を演じる力は残っていない。

「旭以外に触りたくない、触られたくない。あなたが好き、あなた以外の男性には近づかれたくないの」

「それは、どういう意味だ？　魅力的な遺伝子の持ち主なら、俺以外にもたくさんいるだろう」

違う、そうじゃない。

いくらハイスペックな人間の遺伝子がほしくても、好きでもない人に触れられたくない。

「旭以上にいい男なんていないわ。条件だけならラシードだって当てはまる。だけど、嫌。あの男の遺伝子はほしくない。私がほしいのは、旭との赤ちゃんだもの。好きな人の子供じゃないと、産みたくない」

ぽろぽろと、こんな風に涙を人前で流すのは、何年ぶりだろう。

子供の頃から本音を吐露《とろ》することは少なかった。

泣いた記憶も泣かされた記憶も、残っていない。弱い自分を見るのは好きじゃなかったから。

「俺は恋人同士じゃ満足できないし、子供を私生児にするつもりもない。言っている意味はわかるな？」

――選べ。

ここで選択しろ。

自分をほしいと言うなら、その覚悟を示せ。

そう言われた要求に、私はあんなにも拒《こば》んでいたのが嘘みたいに決断する。

「一生離さないし、浮気したら許さないんだから」

「ああ、俺もだ」

「たとえ私を嫌いになっても、離婚届にサインもしないわ」

「それはこっちの台詞《せりふ》だな。離婚を迫られても、たとえどんな法的措置を取られても、俺は応じないぞ」

柔らかく笑んで私の涙を親指でそっとぬぐってくれる。

少しかさついた硬い皮膚の感触がくすぐったくって、そしてその体温が心地いい。

顔を覗き込んだ彼が私に先を促《うなが》した。

「櫻子、君はなにを望む？」

そんなに、優しい声で訊《き》かないで。止まった涙がまた溢《あふ》れちゃうじゃない。

わがままで自分勝手で、利己的で。性格もきつく意地っ張りで可愛げがない。

自分の欠点なんて嫌になるほどわかっている。直せる自信がないことも。

でも、望みを口にしていいなら。私も伝えたい。

「傍《そば》にいたい。ずっとあなたと一緒に生きたい」

黙ったままの彼は、ここで私を許してくれない。最後まできちんと言わせるつもりだ。散々彼の申し出を断り続けたのだから。

「旭と結婚したい……」

自分がこんな風に本音を晒《さら》すのが恥ずかしくて、羞恥《しゅうち》で頬が火照《ほて》る。

紙切れ一枚の誓約に意味なんてないと思っていたのに。法的にこの人を独占したいという気持ちが凌駕《りょうが》した。

恐る恐る見上げた顔は、私が今まで見た中で一番慈愛に満ちた微笑みを浮かべていた。

「ああ、やっと応《こた》えてくれたな。長かった……」

ギュウッと抱きしめられて、胸が高鳴る。嬉しさと喜びと切なさと、いろんな感情が胸をいっぱいに満たしていった。

「俺と結婚してほしい。今度は『はい』以外は聞かないぞ」

けじめとしてだろう。彼から告げられた何度目かわからないプロポーズに、私はようやく首を縦に振る。

「はい……」

唇に落とされたキスは、今までで一番甘く感じられた。

身体をふわりと抱きかかえられ、ベッドに下ろされる。

ネクタイを指で引き抜く早乙女の姿が男性の色香に溢れていて、それだけで胸がきゅうっと疼《うず》く。

「旭」

仰向けのまま腕を伸ばして彼を求める。早く素肌で温もりを感じたくて、彼にキスを強請《ねだ》った。

「ん……ふぅ、……ん」

「櫻子、舌出して」

「んぁ……ッ」

言う通りに薄く開いた口から舌を出せば、舌同士を絡められた。

ざらりとした感触も、舌を強く吸われることも、全部が快感となる。

身体に熱がこもり、唇が蕩《とろ》けそう。

数え切れないほどキスをしたけれど、すべての神経が集中するようなキスははじめてだった。

唇の合間から漏れる吐息が艶《なま》めかしい。唾液音がさらに官能を高めてくれる。

「あ、さひ……もっと」

「ああ、俺も足りない」

至近距離で瞳を和《なご》ませて私の眦《まなじり》に口づけた彼は、熱くうねる舌を再び挿入してくる。

意識がキスに集中している間に、肌襦袢《はだじゅばん》がはらりと解けた。

和装のブラジャーと、着物に響かないレースの白いショーツを彼に晒《さら》すことになる。

フロントファスナーのブラは脱がせやすい。

あっという間にファスナーを下げられ、乳房がまろび出た。

「あ……っ」

「赤く色づいてうまそうだ」

「や、ぁあ……ん！」

キスが気持ちよくて感じていたからか、胸の頂《いただ》きは既に硬く主張している。

外側から胸をすくいあげた早乙女は、指で乳首の硬度を確かめた後、躊躇《ためら》いもなく口に含んだ。

湿った口内の感触と、舌でざらりと嬲《なぶ》られる感触に肌が粟立《あわだ》つ。

舌先で転がされ、強く吸われては時折甘噛みされる。反対側の胸は、手で愛撫《あいぶ》することも忘れない。

私はただ、彼がもたらすその快楽に流されまいと、口を閉ざした。

「声、我慢するなんていけないな」

「ん、やぁ、あああッ……！」

コリッ、と軽く歯で弄《いじ》られて、たまらず喘《あえ》いでしまう。

痛みが快楽に繋がるなんて、知らなくていい世界を知ってしまった。

傷をつけない程度の刺激に、涙が浮かんだ。

やわやわと強弱をつけて与えられる快感が、私の体温をさらに高めていく。

「も、胸ばっか、……んぅッ」

「いやらしく誘ってくるからだ。弄ってほしいと言わんばかりに」

反対側の胸にまで同じく吸いつかれて、舌先で転がされる。

赤く熟《う》れた実のようにぷっくり膨れた私の胸は、自分で見るのが憚《はばか》られるほど淫靡《いんび》に思えた。

「あ、旭は、胸が好き、なの……？」

私の身体のどこにそそられるのか、そういえば聞いたことがない。

彼を誘惑しているときから、そこらへんのリサーチを怠《おこた》っていた気がする。下着の好きな色は尋ねたけれど。

「胸だけじゃない。全部だ」

上体を起こした彼が私を見下ろす。

前髪を額《ひたい》から退けられて、露《あら》わになったそこへ口づけが落とされた。

「櫻子が可愛すぎてたまらない。その白い肌に所有の証《あかし》を刻みたくて仕方がない。あまりがっつきたくないのに、君は俺の理性を壊すのがうますぎる」

情欲の炎が灯《とも》った漆黒の目は、濡れて僅《わず》かに潤《うる》んでいる。

好きな人に求められる悦《よろこ》びに、身体の温度がさらに上がった。

平らな私の腹部を、その大きく骨ばった手で撫でられる。

触られる箇所に熱が集まり、身体中が期待していた。ずくんと下腹の奥が疼《うず》き始める。

「壊して、旭……。理性なんて捨てて、私だけを求めて」

「ッ……そうやって、後先考えずに男を煽《あお》るな」

「旭しか誘惑しないわ。あなた以外いらないもの」

——ほしいのはあなただけ。

小さく微笑んだ直後、噛みつくようなキスが降ってきた。

性急に唇が塞がれ、吐息さえ奪われる。唇も舌も呼吸も、すべてを食らいつくされ、私の口が溶けてしまうのではないかと思うほどだ。熱くうねる彼の舌が、私の口腔《こうこう》内を蹂躙《じゅうりん》した。

「あ、さひ……んんッ、まっ……」

「待てないし、もう待たない。毎回毎回、ことごとく俺をケダモノにしてくれる」

自分でケダモノ宣言をしたくせに、私に触れる手つきはとても優しい。

まるで壊れものを扱うみたいに、私の肌をそっと撫でる。脇からウエスト、腹部、そして太ももへとその手は移動した。唇が首筋をなぞり、きつく吸われる。ちくりとした痛みに、声が漏れた。

「んああっ……、首は、ダメ」

「何故？」

舌が鎖骨を舐め、胸元にも赤い花が散らされる。

早乙女はめったに私にキスマークをつけない。それはきっと、二人の関係が明るみに出るのを防ぐため。

見えないところにはつけても、服を着ていても見える可能性が高い首になんて、今までつけたことがなかった。

「もう隠さなくていいだろう。むしろキスマークひとつで君を狙う男どもへの牽制《けんせい》になるなら、いくらでもつけたい」

「け、んせい？」

唇で触れられる箇所のすべてが性感帯のようだ。いや、早乙女が私に触れるだけで、どこも気持ちよく感じてしまう。

じわりと秘所から溢《あふ》れる蜜《みつ》が、ショーツを汚す。

秘部に貼りついて気持ちが悪いが、それを口に出すのは躊躇《ためら》われた。

「君は前しか見ていないから、脇と背後が甘い。どんな目で男が視線をよこしているか、わかっていないんだ」

「隙《すき》なんて、見せてないわ」

歩いている私に近づく男はほとんどいない。きっと、ビリビリと張りつめた空気を放っていたはず。

だが彼は私の主張を認めない。

「甘いな。とにかく、虫除け代わりにつけさせろ。櫻子が誰のものか、見せつけてやりたい」

「……私はものじゃないけど」

「けど？」

「あなたの婚約者として、早く公表してほしい」

頬が火照《ほて》る。顔が赤いのは、慣れない台詞《せりふ》を言っているからだ。

独占欲を嬉しいと思うなんて、私はどこまで早乙女に溺れているの。

彼が持つ引力に吸い寄せられて、急速に心が変化していく。

私に触れる片手を取って、自分の頬へ触れさせた。

「顔が熱いのは旭のせいよ。私だってあなたを独り占めしたいの。だって凄《すご》くモテるんだもの」

「……君ほどではないが、嫉妬《しっと》してくれているのか」

ああ、もう。

だからそんな風に見つめないでほしい。優しさに溢れつつ、情欲に満ちた目で。

少し落ち着いた身体の熱が、再発してしまうから。

「積極的な櫻子も好きだが、今日は大人しくしててもらおうか」

そう言って、優しく額《ひたい》に口づけられる。

顔のいたるところにキスの雨が降り注《そそ》ぎ、柔らかな感触に身体から力が抜けた。

慈《いつく》しみと愛情の塊《かたまり》を注入されている気分だ。とろとろに私を蕩《とろ》けさせようとしている。

弄《いじ》られてもいないのに、愛液でぬめる秘所は恥ずかしいほどしとどに濡れている。

ショーツに早乙女の指が引っかけられ、脱がされる。外部に晒《さら》された瞬間、ひやりとした空気がそこを撫でた。

「ヤ、見ないで……」

「もう何度も見ている」

くすりと笑った彼は、膝を立たせた私の間に顔を埋《うず》めて、太ももの内側に強く吸いついた。

「ああ……ッ！」

びくん！　と背が跳ねた。

敏感な皮膚にキスマークをつけるなんて。見えない場所へのマーキングは、ある種の満足感を生むらしい。早乙女が赤くなったそこに、優しく指を這《は》わせた。

「ん、ふぅ……っ、あ、ダメっ、……！」

ついで愛液を垂らす蜜口を、早乙女はあろうことか舌で舐めた。

尖らせた舌がひくつく秘所に挿《さ》しこまれ、唾液音とは違う水音が下肢から響く。

「んん……ッ、ああァ」

恥ずかしい。これはとてつもなく羞恥心《しゅうちしん》を煽《あお》る。

他人より羞恥心が薄いと思っていたけれど、それは自分が誘惑する側に回っていたからで。攻められる側に回れば、こうまで感じ方も変わるのか。

早乙女を誘惑し、襲ったときは高揚感に満ちていた。彼をその気にさせて、私の思惑通りに誘導する。己《おのれ》の身体もセクシーなランジェリーも武器にして、私に夢中になればいいと。

でもこうやって優しく愛されると、途端に羞恥がわきあがる。

好きな相手が自分の秘所を舐めている。顔を股に埋《うず》めて、零《こぼ》れる蜜《みつ》を舐め上げて。

気持ちよさに、くらくらする……

アルコールを摂取《せっしゅ》したとき以上の酩酊《めいてい》感に襲われて、呼吸が乱れる。

敏感に主張する胸の頂《いただ》きがじくじくと疼《うず》きだし、身体全体がさらなる快楽を求めていた。

「も、いいから……あさ、ひ」

「まだ足りない」

ふう、と息を吹きかけられて、大げさなほど腰がびくんと跳ねた。

零れる嬌声《きょうせい》に、咄嗟《とっさ》に手で口を塞ぐ。

「こら、手で押さえるな。君が気持ちよく啼《な》く声が聞きたいのに」

「や、もう、恥ずかし……」

「これまで何度も大胆なことをしておいて、今さら恥ずかしがるのか？」

そんなことを言われたって、それとこれとは違う。

過去は過去で、今は今だ。

チュウ、ときつく花芽まで吸いつかれ、軽く歯が押し当てられた。強すぎる刺激に、私の視界が点滅する。

「――……ッ！」

つま先がシーツを蹴《け》り、ピンと張りつめた筋が弛緩《しかん》する。

軽く達した後、気だるい疲労感がじわじわと広がった。まるで全力疾走したかのように、鼓動も速い。

至近距離から私を覗き込んだ彼は、魅惑的なバリトンで甘やかに囁《ささや》く。

「凄絶《せいぜつ》なまでに色っぽいな……。そんな顔、他の男に見られずにすんでよかった」

「……え？」

「俺が君のはじめてを奪った男で嬉しいと言っているんだ。そんな風に達する顔を他の男にも見られていたと思うだけで、君を一生閉じ込めたくなる」

狂気にも似た深い愛情を向けるこの目には、覚えがある。

私を一方的に気に入り、自分の傍《そば》に置こうとした男たちが、こんな目で見つめてこなかったか。

くすぶる欲望の炎が揺らめく、黒曜石の双眸《そうぼう》。その目に引き込まれてしまいそう。

ああ、でもそれもいいかもしれない。

抗《あらが》えない引力にそのまま流されても。早乙女以外の男性には決して抱かなかった感情が、私を支配する。

重怠《おもだる》い両腕をあげて、彼の首へ絡ませた。

早乙女はまだわかっていない。私がどれほど、彼を求めているのかを。

「ふふ、嬉しいわ……。あなたになら、閉じ込められたい」

蜘蛛《くも》の巣に引っかかった憐《あわ》れな蝶《ちょう》は、一体どちらのことかしらね？

「この腕で、私を抱きしめて、閉じ込めて。身体中に刻み込んで。私が旭のものだって」

――そして旭は私のものよ。

緩やかに上がった彼の口角を認めて、私の心にも確かな愉悦《ゆえつ》が広がる。

きっとこの男も、私に惹《ひ》かれた男たちと通じるものがあるのだろう。

だけど、彼はそんな男たちと違って、決して己《おのれ》の欲を優先させない。

私が彼を男として見るのを、五年もかけて待っていたのだ。

我慢と忍耐を持った精神力に、人として大事な思いやり。

早乙女を選んだ私は、やはり見る目がある。

惚《ほ》れた相手が自分だけを見てくれるのが、とても心地いい。

手を繋ぎたい。見つめられたい。視線の中心に私がいたい。

触って、触られて。キスをして舌を絡ませて。セックスをして熱を確かめ合う。

好いた相手に同様の気持ちを返されるのは、まるで奇跡だ。決してお金では手に入らない。

「たくさんキスして、私を愛して。私にだけ、あなたの愛をちょうだい」

真っ直ぐに見上げて微笑む。そんな私を見下ろした早乙女は、悩ましい吐息を吐いた。

「本当に……、どうしようもなく、君は俺を翻弄《ほんろう》するんだな」

翻弄されればいい。いつまでも、何年経っても。

「私に溺れてくれないの？」

首を引き寄せて吐息まじりに尋ねる。

唇が触れるギリギリまで近づいた彼は、熱い息を小さく零《こぼ》した。

「溺れてる。七歳も年下の君に、余裕なんて持てそうにない」

余裕や理性なんて焼き捨ててしまえばいいのに。

不埒《ふらち》な彼の手が私の素肌をまさぐるだけで、こんなにもはしたなく官能を呼び起こされる。

しとどに蜜《みつ》を垂らすそこへ、早乙女が指をつぷりと挿入した。

「とろとろに蕩《とろ》けているな。とても熱く絡みつく」

「んっ、あ……もっと」

浅い入り口に一本だけの指。そんなものでは、刺激が足りない。

くちゅくちゅと水音が奏《かな》でられる。蠢《うごめ》く指がもどかしくて切ない。

「櫻子の扇情的な姿を見せられれば、我慢なんてできるはずがない。ようやく気持ちが通じたのだから、当然だろう？」

クイ、と第二関節まで埋《うず》められた指が内壁の一点をこすった。

ビリビリしたなにかが背筋を駆ける。

「んんっ」

口から零《こぼ》れる声に艶《つや》が増した。私の身体を私以上に熟知している男の手で、容易《たやす》く音色を奏《かな》でられてしまう。

指を一本追加され、ゆるゆると蜜壺をかきまぜられる。

増やされた指が膣内でバラバラと動き、膣壁を強くこすりあげた。私の弱いところを重点的に、執拗《しつよう》に指で嬲《なぶ》る。

「ん、んあ、はぁん……、ああっ」

「締めつけが凄《すご》いな。指に絡みついて離さない」

そんなの、私の意思じゃないからわからない。

けれど言われて意識すると、余計に中が収縮した。食いちぎられそうだと続けて言いながらも、早乙女は緩急をつけた指の動きを止める気配がない。

今の私にあるのは女の本能だけだ。動物としての欲望が、身体を支配している。

理性が薄れ、思考も鈍る。強い衝動だけが頭に残り、求めるのはただひとつだけ。

「旭、あさひ……」

両脚を抱え上げた体勢の彼に、強請《ねだ》る。

もどかしくて苦しい。高められた快楽が出口を探して身体にこもる。

熱くて切なくて、浅ましいまでに彼のものがほしくて。

我慢なんてきかない。

早くひとつになりたいと、心の欲求に突き動かされた。

「早く、感じたいの。も……ほしい」

「櫻子、君は本当に……」

なにを言いかけたのかはわからぬまま、熱い楔《くさび》が蜜口にあてがわれる。

一拍後、ずちゅん！　とひと息で奥まで挿入された。

「んああッ！」

「……く」

十分にぬかるんだ蜜壺に、剛直がねじ込まれる。その強すぎる衝撃に呼吸が止まった。

中が熱く蠢《うごめ》く杭で埋められ、苦しさに喘《あえ》ぐ。だけど内臓を押し上げられる辛《つら》さよりも、歓喜が上回った。

「旭……うれしい……」

「ああ」

たった一言に込められた想いが、たくさんを語る。

彼の楔はいつも以上に硬度と質量がある。我慢させた分だけ、欲望も膨らむのか。今にも弾けそうなほど、私の中でそれは脈を打つ。

唇を合わせて、隅々までお互いを貪《むさぼ》った。

肌を重ね、熱を交換する喜びをはじめて味わっているかのよう。これが二人のはじめてなんかじゃないのに。気持ちが伴うと、ここまで違うらしい。

「好きが零《こぼ》れちゃう……。どうしてくれるの？」

「すべてを明け渡せばいい。俺が余すとこなく呑み込むから」

零れたものは吸収する。一滴も残さず、すべてすくいあげる——と。

「私、重い女みたい」

自分で気づかなかっただけで、本気で好きになった相手にはとことん甘えたい性質《たち》らしい。

きっとスキンシップだって過剰になるだろう。

それを鬱陶《うっとう》しいと思われたらどうしよう。嫌われてしまうかも、と不安になる。

「覚悟するのは君のほうだ」

上下する胸を押しつぶすほど、強く彼に抱きしめられる。

「俺は絶対に、櫻子をはなさない」

挿入されたままの楔《くさび》が、徐々に私の中を抉《えぐ》り始めた。

腰の律動が開始され、快楽の熾火《おきび》が激しさを増す。

「あ、ああ、んぁ……奥、が」

「もっと奥？」

グリ、と最奥に到達し、びくんと背筋が弓なりに反応する。

ビリビリとした電流が流れた。意識を飛ばしそうになるほど、与えられる熱と刺激が気持ちよくって仕方ない。

「あ、さひ……、あ、ぁあッ、アア」

「あまり、締めつけないでくれ……、っ、持っていかれる」

ぐっと私の両脚を抱え直して奥深くまで抽挿《ちゅうそう》される。じゅぷじゅぷという水音が、高く響いた。

奏《かな》でられる音が淫靡《いんび》で卑猥《ひわい》で、私の官能を高める素材になる。

彼の低く艶《つや》を孕《はら》んだ声が、ずくりと子宮を疼《うず》かせた。

「綺麗だ、櫻子」

「っ……や、ばか……んぅ、ああ」

名前を呼ばれるだけで、身体が反応するなんて。もう私は重症だ。

綺麗とほめられ慣れているのに、どうして好きな相手に言われるとこうも嬉しくて、感じてしまうの。

情事の最中の睦言《むつごと》は、本気にしない。その場の雰囲気を高めるだけのもの。

以前だったらそう断言できたのに、今ではすべてが彼の本音に聞こえる。

普段は聞けない発言も、今なら甘やかに言ってくれるだろう。

言葉は言わないと伝わらないから、身体で熱を共有して、言葉で安心させて。

「もっと、……言って」

「なにを?」

荒い呼吸まじりに返された声は、余裕を失っている。

お互い獣《けもの》のように相手の肌を確かめながら、熱く潤《うる》んだ瞳で見つめ合った。

「好き、……って」

もうそれだけで、私は十分なほど満たされる。

これ以上なにを望むことがあるんだろうと思えるくらいに。

律動を停止させることなく、私の喘《あえ》ぎが途切れた瞬間を狙い、早乙女が告げる。

「好きだ」

「っ……」

「愛してる」

「あッ……私、も……ん、あぁっ」

ぐっと怒張《どちょう》が膨れた気配を感じた。

「ちょうだい、旭……私を、あなたで満たして」

心の底から、あなたがほしい。

私が一際強く感じる場所を穿《うが》たれ、視界が一瞬で白く染まる。

うっすらと汗ばんだ顔で微笑んだ彼は、「全部受け止めろ」と言い、精を放った。

「ぁあ、あああ……っ！」

「クッ……」

ドクドクと激しい奔流《ほんりゅう》に流されそう。

熱い飛沫《ひまつ》を最奥で呑み込みながら、心が歓喜でいっぱいになった。

もう何度も彼の遺伝子を呑み込んでいるのに。

これほどまでに愛しさでいっぱいになったことはない。

愛した男の子供がほしい——そう強く願った。

意識が遠のく寸前、早乙女が再度私の唇にキスと落す。

「君だけだ、櫻子。——」

優しく真綿で包み込む耳触りのいい声。

安心感に包まれたまま、彼が零《こぼ》す呟《つぶや》きをどこか遠いところから聞いていた。

ありがとう、と言わなければいけないのは私のほう。

助けにきてくれたお礼もまだ言えていない。

目が覚めたら真っ先に言わなくてはと思いながら、抱きしめられた彼の胸に頬を寄せた。


旭の腕の中に、愛しい人がいる。

あれから櫻子が目を覚ました後、二回戦に入り、ようやく二人して汗を流すことにした。

時刻は夜の七時を回った頃。風呂から出れば、少し遅めの夕食をルームサービスで注文する予定だ。

大人が余裕で二人は入れる広い楕円形のバスタブは、乳白色の入浴剤で色づいている。

旭はそのバスタブの中で、何故か端っこに両脚を抱えてお湯につかる櫻子を眺めていた。

今まで散々痴態《ちたい》を見てきたし、風呂場で肌を重ねたこともある。それなのに、どうやら彼女は恥ずかしいらしい。

僅《わず》かに首を傾《かし》げ、旭は訝《いぶか》しんだ。

「なんでそんなに離れるんだ?」

自分でもはっきりと自覚する不機嫌な声。

情事の後の甘いひと時を味わっているはずなのに、物理的にこの距離は面白くない。

縮こまったように両膝を抱えて視線を合わせようとしない櫻子の頬は、身体が温まっただけではなく、ほんのりと色づいている。

照れている姿を明るい光の下で見るのは、なかなか珍しい。

「だって、恥ずかしいんだもの……。あまりこっち見ないで」

「なにを今さら」

「ほら、スッピンだし! 化粧も落としたから」

「素顔は少し幼くなるんだな、君は」

くすりと微笑めば、じろりと睨《にら》まれる。

「可愛いという意味だ」

本音を述べるが、どうも彼女はピンときていないらしい。

綺麗や美人という言葉は聞き慣れてしまっているが、可愛いという言葉とはあまり縁がなかったのかもしれない。

――まったく、彼女相手だとことごとく調子が狂うな。俺は本来そういった発言はしない男だったんだが。

恥ずかしさもあるが、外国人ではあるまいし、という意識になってしまうのだ。己《おのれ》はあくまでも日本男児。歯の浮くような台詞《せりふ》をポンポン吐ける男ではない。

しかし、櫻子の前ではどうだ。

なりふり構わず必死で彼女の心を射止めて、繋ぎ止めようとしていた。でないと、櫻子はするりと己の手から離れてしまうから。

本当に、らしくない。

「……なに考えてるの？」

若干《じゃっかん》拗ねた口調や態度がなんとも愛らしい。

思わず引き寄せて、赤く色づく彼女の口唇《こうしん》を塞いでしまいたくなった。

欲望がふたたび鎌首をもたげるのを、なんとか堪《こら》える。

ああ、でも、お湯から出ているむき出しの白い肩や形のいい膝小僧を見れば、湯に隠れている彼女の身体も想像がつく。全体的にほんのりとピンク色に火照《ほて》っているだろう。

欲望に蓋《ふた》をして、旭は平常心を貫こうと努力した。

「どうやら君の前では、普段の俺ではいられないらしい。今まで愛の告白なんて、滅多に口にすることはなかった」

「好きとか、愛してるとか？」

「ああ。可愛いや綺麗といった言葉もだ」

欧米人とは違う。そう何度も「愛している」を囁《ささや》けるはずがない。

「でも、あなた私に跪《ひざまず》いてプロポーズしたり、しょっちゅう『好きです』って言わなかったっけ？」

「それだけ必死だったんだよ。君を射止めるために」

彼女には変化球など通じない。真摯《しんし》に何度も想いを告げなければ、すぐに距離を置かれてしまっただろう。

本人は別に男嫌いではないとは言うが、櫻子は男性不信だ。

ビジネスライクで付き合う分には問題ない。だが、プライベートには一切関わらせようとしない。隙《すき》を見せず、警戒を怠《おこた》らない。必要以上に踏み込まず、踏み込ませない彼女が旭に興味を持つまで、五年もの歳月を要した。

強引に迫ったりしなくてよかったと、ようやく手に入った彼女を見つめながら思う。

不機嫌なような、照れたような複雑な顔で櫻子は黙り込んでいる。

「櫻子、おいで」

腕を伸ばして彼女を誘えば、櫻子は視線を彷徨《さまよ》わせて躊躇《ためら》ったものの、やがてゆっくりと近づいてきた。

以前なら逆にこちらを誘うように仕掛けてきたはずだが——彼女の心境の変化が、恥じらいを持たせているらしい。

内心苦笑し、目の前まで近づいた櫻子の腕を掴んだ。

身体が温まり、淡い薄紅に染まった上半身が視界に晒《さら》される。

形が綺麗で、ほどよい大きさの乳房。ツンと立ちあがった胸の頂《いただ》きは、今にも食べてほしいと誘惑している。

しっとりとした肌は滑《なめ》らかで、甘美な芳香を漂《ただよ》わせる。まるで蜜《みつ》を生み出す花のようだ。

自ら誘い込んでいるのか、無自覚に誘っているのかは判断しかねるが。

「あ、旭？」

「ん？」

無意識に彼女の白いうなじに顔を埋《うず》め、そのまま舌で首筋を舐めていた。

ああ、たまらない。彼女が花なら、蜜を求める自分はまるで蜂《はち》か。だとしても、一度刺したら死んでしまうような、ミツバチではないことを願う。一度抱いただけで終わるなんて、耐えられない。

「君の肌は甘いな。どこもかしこも、俺を惑《まど》わす」

「味なんて、しな……ふぁっ、んん」

華奢《きゃしゃ》な腰に腕を回し、抱きしめた。ぴったりと重なる肌が心地いい。

そのまま彼女を自分の上に跨《また》がらせて、体勢を安定させる。既に己《おのれ》の欲は反応しているが、今はまだ我慢するべきだ。

「あの、旭。ちょっと当たってる……」

「ああ、まあ気にするな。裸の君を抱きしめているんだから、仕方がない」

自ら性器をこすり合わせて、上に乗っかるどころか奉仕までしたくせに。

初心《うぶ》な乙女のように恥じらう彼女が、本当にたまらなく可愛らしい。

背中を撫でて、ふと思い出す。まだ櫻子に告げていないことがたくさんあることを。

「なにか俺に訊《き》きたいことはないのか？」と問えば、うっとりとした顔つきが、はっと覚醒《かくせい》する。

もう少しこの甘やかな情事の余韻を楽しみたかったが、そろそろ現実に戻らなければ。

「そう、そうよ。お礼を言いたかったの。来てくれてありがとうって。でも、なんでわかったの？

私、あなたには彼と会うこと言わなかったわよ。それにあなたのお父様がこのホテルにいたとか。

しかもこんな部屋を契約しているって、あなたのお父様、何者なの？」

次々と疑問がわく彼女は、思考を完全に切り替えている。

数瞬前とは打って変わって、その眼差《まなざ》しは容赦がない。

なにから話そうかと逡巡《しゅんじゅん》し、まずは己《おのれ》の出自からだと思い至った。

「順序立てて説明する。まずは先ほど遭遇した俺の父親だが、あの男は舞鶴外務大臣だ」

「……は？」

「俺の母親は彼の愛人だったんだよ」

一瞬驚いた彼女だが、すぐに冷静な顔つきになった。

「そう、あなたはお母様と二人暮らしだったって言ってたわね。高校生まで」

「ああ、母親はピアノ講師をしていた。音大を出て、俺を授かるまでプロのピアニストとして活動していたんだ。それからピアノ教室で講師を始めた」

自分が料理ができるようになったのは、必然だった。必要性に駆られて覚えただけ。もの覚えがよく、コツさえつかめば大抵のことができるようになったのも、幼少時から母親と二人暮らしの環境のおかげだ。

早乙女旭の父親は、外務省の長、外務大臣だ。

と言っても、旭は愛人の息子であるため、離れて暮らしていた。認知はされているが、父親の姓である舞鶴ではなく、母親の姓の早乙女を名乗っている。

高校生の頃に母親が他界し、旭は国会議員である舞鶴のもとに引き取られた。父親と正妻の間には息子がひとりいて、その彼が代々続く政治家一家の跡取りと言われている。

正妻と異母兄とも、流石《さすが》に仲がいいとまでは言えないが、それなりに良好な関係を築いていた。

跡取りとしては異母兄がいるため、旭は政界とは別の道を選んだ。

続けて、櫻子に己の話を語る。大学時代に海外への留学経験があること。数々の国へ渡り、語学力を養ったこと。仕事のこと――

「ハイスペックな謎の男と思っていたけど、ありえない……。国家試験に受かったキャリアなだけじゃなく、SPに自ら志願し、おじいさまに引き抜かれたって……。あなたの人生、波瀾万丈《はらんばんじょう》すぎない？」

彼女も詳しいことは聞かされていなかったようだ。ヘッドハンティングをした男とだけ、紹介されたらしい。

「ラシードの護衛を投げ飛ばせたのも納得だわ」

そう呟《つぶや》いた思案顔の櫻子もまた美しい。

――すぐに頬が緩みそうになるなんて、重症だな。

苦笑を零《こぼ》した旭だが、己《おのれ》が立てた仮説を思い出し嘆息する。

恐らく櫻子はまだ今回の裏事情に気づいていない。

知ったら怒るだろうな、と思いつつも言わないわけにはいかない。

「君は今日の話を一体誰に頼まれて引き受けたんだ？」

「鵲元総理からよ。ラシードと会ってほしいって。秋穂……孫娘が私の幼馴染《おさななじみ》なの」

……よりによって元総理だと？　流石《さすが》に頭痛がしそうになった。

「鷹司会長は、年末にアズィーレに滞在していたそうだな。鵲元総理も呼ばれていたのか？」

「ええ、なんでもひ孫の写真を自慢しようとして、私と秋穂が写っているものも見せてしまったらしいわ。それを見たラシードが、私に会ってみたいと言い出したとか」

あんな暴挙に出られたのだから、敬称なんていらない――そう続けた櫻子の意見に同意だが、あの男もどこまでが本意だったのかがわからないため、複雑な気分だ。

訝《いぶか》しむ彼女に、旭は自分の推測を話す。

「恐らく、君の祖父と鵲元総理、そして俺の父親も共犯だ」

「は？」

「あの三人が共謀《きょうぼう》していたんだろう。アズィーレ側がどこまで噛んでいるかはわからないが、なにかしらの利害が一致したに違いない。ラシードという男もそうだ。父親か国王に命じられたか、暇つぶしと仕事で来日したか。もちろん手ぶらで帰ることはないだろうが」

「え、ちょっと待って。まさかそれって、今日の出来事は全部祖父たちに仕組まれていたってこと⁉」

頷く旭に、櫻子が喚《わめ》いた。

「なんのために！」

「わからないのか？　煮え切らない俺たちがこうなるためだろう。君の心を奪えないなら他の男と政略結婚させると言われたからな」

「なんですって？」

バシャンとお湯が浴槽から溢《あふ》れた。

剣呑《けんのん》さを隠さない櫻子は、苛烈《かれつ》な情を湛《たた》えた目で旭を睨《にら》む。

処女のように恥じらう彼女も可愛らしいが、やはり強気な眼差《まなざ》しを真っ直ぐ向けるほうが本来の櫻子らしい。

この目に自分も捕らわれたんだったと思い出した。

「君には言ってないが、どうやら会長は、俺を君の婿《むこ》候補と見込んでいたらしい。だがそれはあくまで候補であり、お互いが望まなければ意味がないものだった。君が俺を意識するまで待ち続けたが、かなり時間がかかったからな。当然彼からは何度もまだかと問いただされたよ。でも去年の九月に君がとんでもないことをしでかしてからは、会長も傍観していたようだが」

「ちょっと待って。報告したの？　おじいさまに私たちの関係を！」

「しないわけにはいかないだろう」

「なんて⁉」

「ようやく異性として興味を抱いてくれたが、どうやら俺の遺伝子が目的らしいと」

電話越しで笑った己《おのれ》の雇い主は、『あやつが考えそうなことじゃわい。だがちいっとばかし時間がかかったのぉ』とのたまった。

しかしそこからなかなか進展しない二人に、しびれを切らしたようだ。彼は、余計なお世話を買って出たらしい。

しかし今回ばかりは感謝せねばなるまい。方法はどうであれ、結果はうまくいったのだから。きっとなにかが起こらなければ、旭もあと一歩を踏み出すことはなかったはずだ。

「どいつもこいつも、悪巧みだけは嬉々として参加する狸《たぬき》妖怪どもめ……。娯楽がないからって若者を弄《もてあそ》んで掌《てのひら》の上で転がすなんて。本当いい性格してるわよ！」

憤慨する櫻子に、旭は告げる。

「確かに方法は強引だったが、俺は感謝している」

「え？」

「お互い本音をさらけ出すことができたんだ。それにようやく櫻子が甘えてくれたからな」

「……っ！」

ポッと顔を赤らめた彼女を抱き寄せて、甘い口づけを落とす。

一瞬で恋する乙女の表情に変わった櫻子に、旭は囁《ささや》いた。

「君に翻弄《ほんろう》されるのも悪くないが、恥じらって頬を染める君を可愛がるほうがもっといい」

「っ！　あ、あなた、そんなに甘い台詞《せりふ》を吐く男だったの!?　やめてよ、私が壊れちゃうじゃない」

「どうして？」

「だって、敬語じゃない旭にドキドキするんだもの……。こんなにかっこよすぎると、心臓が保《も》たないわ」

ぷいっと顔を背けた彼女がたまらなく可愛くて、己の分身がドクンと波打つ。

──無自覚で煽《あお》ったのは君のほうだ。俺だけのせいじゃない。

言い訳を心の中で呟《つぶや》きながら、くるりと彼女を後ろに向かせた。

「旭？」

──もう限界だ。

戸惑う櫻子の腰を掴み、そのまま彼女のぬかるんだ蜜壺を貫いた。

「んぁあ、ああッ……！」

背面座位の体勢で、ついさっき貪《むさぼ》ったばかりの彼女を、再び味わう。浴室で反響する彼女の声が淫《みだ》らに響き、さらに己の欲望を高めた。

「な、で……あっ、ん、もう、二回も……ッ」

「君が可愛すぎて困る。年甲斐《としがい》もなくがっつきたくなるだろう」

こんなに夢中にさせる彼女が悪い。

いくら味わっても止まらない。

背後から抱き着いたまま彼女を貫き、胸を揉みしだいては腰を打ちつける。

甘やかな声に快楽が高められ、火照《ほて》って色づいた櫻子のうなじから背中に、容赦なく赤い花を散らした。

結局彼女がのぼせる寸前まで、旭は櫻子の甘い身体を堪能《たんのう》したのだった。

❀

「こういうのを、日本では〝馬に蹴《け》られる〟と言うんでしたか？　いや、彼の場合は主人に忠実な犬かな？　まあおかげで、うちの護衛がいかに訓練を怠《なま》けていたかわかりました。武器がないと応戦できないとは情けない。暫《しばら》く減給ですね」

久々に当主が戻った鷹司邸にて、ゲストを招いた晩餐会《ばんさんかい》が開かれている。

参加者四名の夕飯は、つつがなく終わった。

今はグラスを片手に、本日の勝負について語り合っている。

「いや、無茶を頼んですまなかったのぉ。アレは頭脳だけでなく格闘技全般にも通じておる、実に優秀な男じゃ。本気を出させると怖い怖い。なぁ、舞鶴外務大臣？」

「まだまだですよ。愚息《ぐそく》が不甲斐《ふがい》ないばかりにお忙しいお三方の手を煩《わずら》わせてしまい、申し訳ありません」

「なに、うちの孫が頑固すぎるんじゃよ。おぬしの息子もまあ、ちいっと優しすぎたがな。鷺沼の倅《せがれ》を使ってまで発破《はっぱ》をかけさせたのに、気持ちを伝える程度の進展しかなかった。女子《おなご》は少しばかり強引な男に惹《ひ》かれるもんじゃ」

「過去に強引すぎる男ばかりが寄ってきたんだろう。そのせいで警戒心が高まったんじゃないか。一生独身宣言をするほどにな」

そう口を挟んだのは、鵜元総理。今回の仕掛人を頼まれた人物である。

「ふん、紳士のふりして散々強引な手を使い奥方を娶《めと》った男がよく言うわい。じゃが、ラシードさまはなかなかの演技派ですな。櫻子のみならず、聞いてたわしも少々驚きましたぞ」

あの部屋には保険目的で監視カメラが設置されていた。信頼しているラシードが、間違っても櫻子に手を出さないためもの。

もちろん、紳士な彼はそんなこと微塵《みじん》もする気はないと信じていたが。

しかし、言われた本人はさらりと英一郎の発言を訂正した。

「いえ、あれは演技ではありません」

一瞬でシン……と静まり返る室内で、祝杯のグラスを手にしたままラシードは続ける。

「美しいものを蒐集《しゅうしゅう》する趣味も、中でも着物の芸術的な繊細さに見ているだけで恍惚《こうこつ》とした気分になるのも事実。生身の人間より、そんなコレクションに欲情します」

淡々と流暢《りゅうちょう》な日本語で説明した彼の性癖に、老人二人と旭の父親は黙り込んだ。

「彼女の人形めいた美しさはまさに芸術。着物を着ていなくても同じくらい欲情するか、正直確かめたかったのですが。残念です」

大げさに肩を下ろしてがっかり感を漂《ただよ》わせた男に、英一郎が声をかけた。

「人の性癖はそれぞれというが、お主も難儀よのぉ……。アズィーレ国王が此度《こたび》の来日に協力的だった理由がわかったわい。あまり女に興味を持たぬなら、王家の一員として放ってはおけぬからなぁ」

しみじみと、一同は同情に似たまなざしを向ける。

若くて凛々《りり》しい美男子の、特殊な性癖を理解してくれる女性が現れるのか。

いや、その前に彼の関心を惹《ひ》く女性が現れなければまずい。

「もう少し早く出会っていれば、お主が入る余地があったかもしれぬが。残念じゃったな」

「いえ、人のものに興味はありませんので。それよりも、会長。そろそろ見せてはいただけませんか？　私の働きの報酬を」

「おお、そうじゃった。ちょっと待っておれ」

屋敷の家令を呼び、対価とやらを運んでもらう。

同じく興味津々になった鵲元総理と舞鶴大臣も、ラシードが望んだものを見ようと身を乗り出した。

「まあ、今の流れでなんとなくわかったがな」

「鷹司家が所有しているものですし、歴史的な価値を考えても値段などつけられない代物《しろもの》でしょうね」

そろそろお茶がほしいと、鵲元総理が使用人に告げる。

晩餐《ばんさん》の後に移動し、ソファで寛《くつろ》ぎながら談笑していた彼らの前に、カラカラとカートが引かれてきた。

ハンガーにかかったそれは、ラシードが今回の件を引き受ける代わりに望んだもの。

英一郎の妻が若かりし頃に着ていた、加賀友禅《かがゆうぜん》の打掛だ。

「これは……なんと美しい。京友禅とは違った技法だ。ぼかし染めや〝虫食い〟表現などまで、忠実に自然の美が描かれている。しかも状態もいい」

「大事に保管してきたからの。これは人間国宝に指定された有名な作家の最後の作品じゃ。現代でも色あせることがない」

内側から外側に向かってぼかされた牡丹《ぼたん》の花。色彩豊かで確かな染色技法を感じる。

うっとりとした表情で、ラシードはスーツの裏ポケットから、真っ白な手袋を取り出した。

ぎょっとして目を瞠《みは》っている友人二人を無視し、英一郎は黙ってラシードの好きにさせる。

手袋越しに生地に触れ、散々堪能《たんのう》した彼は、ほうっと小さな吐息を漏らす。

「ありがとうございます。これは想像以上だ。是非私のコレクションとして国に持ち帰りたい」

「ああ、大切に扱ってやってくれ。その着物が似合う女性と出会えたらええのぉ」

「そうですね。いつか嬉しい報告ができればと。皆さんには長生きしてもらわないといけませんよ」

「ほほ、ひ孫の顔を見るまでは死ねぬわい」

「それはすぐに叶うと思うがな」

鵲元総理の言葉に、旭の父親が苦笑を零《こぼ》した。

「正式に結婚するまでは順序を守ってもらいたいところですがね。愚息《ぐそく》の独占欲を見たら、すぐにでも櫻子お嬢様が懐妊しそうだ」

「さっさと籍を入れさせればよい。未だに孫に求婚してくる男どももようやく諦めがつくじゃろう」

そんな話は櫻子のもとに届く前に、英一郎が握りつぶしているが——その事実を彼女が知ることはない。

外務大臣の護衛を任されている仙崎は、扉の外でひとり小さく嘆息した。

「俺が今回の任務に指名されたのも偶然じゃないって知ったら、あいつ怒りそうだな……」

掌《てのひら》で踊らされていたのは、なにも彼らだけではない。

仙崎もまた、いいように使われたひとりだ。だが、友人にようやく幸せが訪れたなら、それでいい。

彼は「感謝しろよ」と小さく笑った。

第七章　New Moon　――はじまりの月――

三月三日の今日は桃の節句《せっく》、ひな祭りである。そしてこの日は記念すべき、私の三十歳の誕生日でもあった。

「さくらちゃん！　これ、おひなさまつくったの～！」

「あら、綺麗に折れたわね。絵も上手よ」

オフィスにある桜保育園。

仕事の休憩時間に行ってみれば、ちょうどひな祭りを祝っているところだった。

子供たち用のテーブルには、色とりどりのクレヨンと色鉛筆と、折り紙。

お内裏《だいり》様とおひな様を、折り紙で折ったらしい。

顔が描かれたそれを見せてくれた夢ちゃんの頭を撫でる。

「さくらちゃん、ひなあられ食べる？　さっきもらったの」

結ちゃんがすすめてくれたので、折角だからひとついただいた。

「ありがとう、結ちゃん」

にっこり微笑むと、二人は天使の笑顔を見せてくれる。ああ癒《い》やされる。

直後、二人はちらりと背後に視線を向けた。

「あ！　さくらちゃんのカレシ！」

振り返れば、もう迎えに来た早乙女が。

って、まだ五分しか経ってないわよ！

わらわらと集まる園児たちが、早乙女の足元に群がる。男性の保育士さんもいるが、ここまでガタイがよい男性は珍しいのだろう。

戸惑いつつも頭を撫でてあげる彼に父性を感じた。うん、やっぱりいい父親になってくれるわ。

「違うわよ、二人とも。彼は私の彼氏じゃなくて、フィアンセよ」

「フィナンシェ？　お菓子？」

よく知ってるわね、そんな言葉。

園児たちに人気の早乙女の腕に、するりと自分の腕を巻きつける。

ぽかん、と口を開けた保育士さん数名を視界の端に捉えたまま、ウィンクした。

「私の未来の旦那様なの」

一拍後、子供たちだけじゃなく大人までもが騒ぎ出した。

「さくらちゃん、はなよめさんになるの？」という夢ちゃんの質問に頷く。

「ええ、花嫁さんになるの」

左手のダイヤの指輪を見せれば、さらに女の子たちが騒ぐ。

「きれい～！　大きい石～！」

「ふふ、ありがとう」

若干《じゃっかん》照れてたじろぐ早乙女の腕を抱いて、子供たちに手を振りその場を去った。

「さて、社内でアナウンスされるのもそろそろよね。ちょうど社内報が配られる頃合いかしら？」

腕を離して二人で会議室へ向かう。

役員との定例会議の席で、いち早く社内報を入手していた常務に私と早乙女の婚約について訊《き》かれた。

「水くさいですな、社長。まったく気づきませんでしたよ」

ひとりも欠けずに会議に出席しているなんて珍しい。

いつもは誰かしら出張に出ていたりして、不在なのに。

私の椅子を引いた早乙女に礼を告げて、席につく。

「あなたたちに気づかれていたら、私には会社を背負う資格がないということよ。社員が社内恋愛をするのは自由だけど、トップが色恋に現《うつつ》を抜かして公私混同していると思われたら、厄介でしょう？」

ゆったりと椅子に腰かけたまま微笑んでみせる。今まで噂はあっても、正式に交際されていると は思われていなかったと確信し、内心ちょっとほっとする。

まあ、お互い仕事中に甘い空気にならないよう気をつけていたし、基本月の見える綺麗な夜にしか私は誘わなかったので、日中の早乙女の貞操《ていそう》は守られていた。

「結婚式は半年後。でも婚姻届けは本日中に提出して、早乙女旭は鷹司の婿《むこ》養子に入ります。ただし、仕事は暫《しばら》く今までのまま、現状維持で。特になにかが変わることはないわ」

でも、と最後につけ加える。

「そのうち妊娠したら産休を取らせてもらうし、場合によっては育休を利用することもあるかもしれないわね。そのときにならないとわからないけど」

「なるほど。その間の業務の代行は彼に任せられると」

そう容赦なく突っ込んだのは、副社長の鷲尾だ。

人好きする微笑の中に厳格さを漂《ただよ》わせる、本当に油断ならない男。

だが彼のような人がいないと会社は回らない。最近ようやく苦手意識が薄れてきた。

「あら、私の代わりなら鷲尾《あなた》がいるじゃない。数ヶ月くらい私がいなくても、ここに優秀な人間が大勢いるわ。早乙女はあくまで私のサポートで、彼の正式な雇い主は鷹司財閥の会長です。最終決定はすべて祖父が下します。でも、悪いようにはならないわよ」

それに、会社トップが自ら産休を取り、職場復帰を果たしたら、保育所を設けたとき以上のＰＲになるはず。会社の好感度も上がるだろう。

「そうですか。では私の定年はまだ先になりますな。もう少し現役で頑張らなくては」

鷲尾は六十三歳。現在うちの定年退職の年齢は役員含めて六十五歳だが、これも見直しが必要だ。

六十代で定年って、正直若すぎる。

「まだまだコキ使うつもりだから、健康には気をつけてもらうわよ」

「それはあなたもですよ、社長。元気な跡継ぎを産んでもらわないと、会長が老衰《ろうすい》しますぞ」

「あの人は当分くたばらないわよ……」

と言いながら、鷲尾から呼ばれた名前がようやく意識に届いた。思わず、鷲尾を見つめ返す。

「なにか?」

「――いえ、なにも。私の話はこの辺にして、議題に移りましょう」

各部署の報告を受けた後、ラシードが代表を務める会社との独占契約にありつけたことを報告し、役員たちの度肝を抜いた。僅《わず》かに目を瞠《みは》った鷲尾も、苦笑に似た笑みをこぼす。

「あなたには驚かされますな。いつの間にライバル社を蹴落としていたのやら」

「あら、人聞きが悪いわね。私が蹴落としたんじゃなくて、あちら側が私たちを選んだのよ。是非とも契約を結びたいと」

もしかしたら罪滅ぼしか、祖父との取引でなにかあったのかもしれないけど。会社のためになるなら、先の件は水に流せなくても、私情は挟まない。

早乙女が僅かに冷気を漂わせているが、それも気づかないふりをした。

はじめて鷲尾が堪《こら》えきれない笑いをこぼす。その笑みに、蔑《さげす》みや皮肉は込められていない。

どうやら私は、少しは鷲尾が望む社長に近づけているらしい。私もくすりと微笑んだ。

❀

「――それにしても、光陰《こういん》矢の如《ごと》しとはこういうことかしらね。セックスせずに子供を作りたいなんて言っていたのがついこの間のようだわ。念願の妊娠おめでとさん」

親友からほい、と手渡されたのは、手土産《てみやげ》ともうひとつ。女の子用の子供服だった。

「ベビーシャワーはまだまだ先だけど？」

「いいじゃない別に。なんか女の子の服ってすっごく可愛くってさー、見てたらつい買いたくなっちゃった」

「性別まだわからないのに？」

「だってなんとなく、女の子の気がするし」

まだあまり目立っていないお腹に視線を向けられる。

安定期に入ったため悪阻《つわり》も治まり、私は時折自宅で仕事しながら、基本会社へ出社していた。

土曜日の今日、息子の夏芽君はご主人に預けたそうで、今日は秋穂ひとりだ。

彼女は応接間に飾られた結婚式の記念写真を眺めている。

「すぐにでも懐妊するかと思いきや、式から一年近くかかったわね〜。結婚後も避妊せずにヤってたというのに、やっぱり子供は授かりものなんだわ」

そう、秋穂が言う通り、結婚式を挙げてから約一年後に妊娠が発覚した。

子供がほしくてたまらなくて、極力避妊なんてしなかったのに。

タイミングというのはあるらしい。

「準備が整ってないと思って、神さまが待っててくれたのかもね」

無意識にお腹をさする。自分がようやく母親になれるのは、とても不思議で幸せな心地だ。

一昨年の九月。代々鷹司家と縁が深い由緒ある神社にて、神前式を挙げた。祖母も母も着たという白無垢《しろむく》に袖を通し綿帽子《わたぼうし》を被った姿は、自分でも驚くほどよく似合っていた。

厳《おごそ》かな空気の中、杯を交《か》わして伴侶となった旭との永遠を誓う。

ご満悦だった祖父が涙ぐんだのは忘れられない。

ちなみに旭の和装は、めちゃくちゃ似合っていた。

寡黙《かもく》で厳格な雰囲気と、そこはかとなく漂《ただよ》うストイックな色気がなんとも言えず、見惚れてしまうほど。

祖父の強い希望で、ホテルで行った披露宴ではウエディングドレスも着用。

老人の願いはくみ取らなければ。

最近はそうとも限らないが、基本親族しか参列できない神前式とは違い、ここでは取引先も含めて総勢五百名ほど集まった。

これでも減らしたのだけど、お互いの家の関係でここまで膨らんでしまったのだ。

アズィーレ国のラシードと、彼の父親までわざわざこの日のために来日し、会場が騒然となったのは言うまでもない。

「あの変態着物フェチな王子さまは、理想の女性と出会えたのかしらね？」

コーヒーを啜《すす》り、秋穂が持参した手土産のケーキを食べながら問いかける。

「一応新年の挨拶《あいさつ》も私と祖父宛てに届いたけれど、そのことには触れてなかったからまだじゃない？」

「見た目あんなにかっこいいのに、残念な人っているのね……」

そんな彼にも早く春が来ることを願おう。

すっかり母親の顔つきになったと彼女からほめられ、無意識に頬をさする。

過保護な旦那に嫌気がさしたら、うちに一時的に避難してもいいわよと、彼女なりの気遣いをくれた。

「ありがとう。夫婦喧嘩《げんか》したらお邪魔させてもらうわ」

結婚後、鷹司旭となった彼はとても頼もしいパートナーだが、未だにあの男に勝てる気がしない。

思考がここまで読まれるなんてと、冷や汗をかいたのも一度や二度ではないのだ。

「ハイスペック同士の子供がどんな子になるのか、非常に興味があるわ。うちの夏芽もいい刺激がもらえそうね」

「年齢的に近いし、夏芽君をお兄ちゃんと慕《した》いながら初恋相手になったりして」

子供が女の子の場合だが。男の子だったらいい幼馴染《おさななじみ》になってくれたらいい。

「うちの息子、多分ヘタレよ。あんたの娘のほうが一枚も二枚も上手な気がするわ」

「秋穂には悪いけど、それはそれでおいしいわね！」

そんな未来がいつか来るかもしれないと、二人して笑い合った。


夕食後、今日は舞鶴の家に戻っていた旭が帰宅した。なにやら大荷物だ。

「お帰りなさい。どうしたの？　それ」

「親父と綾子《あやこ》さんに渡されたんだ」

「ええ？」

綾子さんというのが、舞鶴大臣の正妻であり、旭の血の繋がらない母だ。

政治家の嫁らしい凛《りん》とした方で、夫を支える内助《ないじょ》の功《こう》を地でいく、できた女性。

愛人の息子を引き取ったときも、旭に辛《つら》く当たることなく、むしろ自分の旦那の不品行を謝罪したほどだったという。

良好な家族関係を築けているので、私も安心して彼女をお義母《かあ》さまと呼ばせていただいている。

「チャイルドシートって、またずい分気が早いわね」

大きな荷物だと思っていたら。車に取りつけるチャイルドシートをいただいてしまった。

実家に戻るたびに過度なプレゼントを持たされるため、旭も少々げんなりしている。

「すまない、兄にも子供がいるんだが、俺の子供は見られないと思っていたようで、嬉しいらしい」

「謝ることないわよ。むしろ助かるわ。すぐにでもお礼の電話を……」

スマホを取りに行こうとしたら、背後から旦那に抱きすくめられる。

「それよりも、ただいまのキスが先じゃないか？」

耳元で囁《ささや》かれるのに弱いとわかっていての行為だ。いちいち反応してしまう私もいい加減にしたいけど。

「それよりも、手洗いうがいが先じゃないの？　私に外の菌を移したら承知しないわよ」

「とっくにすませている」

本当に、隙《すき》がない男だ。

くるりと振り返る前に抱きかかえられ、そのままの体勢でソファに座らされた。

旭の膝の上に横向きに座り、至近距離から見つめ合う。

「お帰りなさい、あ・な・た」

チュッ、とわざとリップ音を立てて唇を合わせれば、口角を上げた彼が再び「ただいま」と答え、私の唇を深く貪《むさぼ》った。

お互いの熱を共有する口づけを堪能《たんのう》し、そのまま旭の胸にもたれかかる。

私のお腹をそっと撫でながら、彼は呟《つぶや》いた。

「子供は何人作ろうか」

「四十路《よそじ》近いのに元気ね？」

くすりと笑えば、すかさず笑い返される。

「兄弟は多いほうがいいだろう？」

「私の体力が続けばね。でも、確かにあなたの遺伝子を引き継いだ子供なら、たくさんほしいわ」

「君はまだ俺の遺伝子が好きなのか」

どことなく釈然《しゃくぜん》としない様子の彼に、「当たり前でしょう」と断言した。

「旭を構成する細胞も、ひとつ残らず全部好きってことよ？　あなたの遺伝子が好きというのは、旭のすべてが好きという意味なんだけどね」

「具体的には？」

「顔と身体と頭脳。あと中身も」

「中身がついでのようだな」

入籍してから二年弱。まだまだラブラブ期間は続行中だ。

優しく労《いたわ》るようなキスを顔中に降らせてくれる。そのくすぐったさが、甘く私を満たす。

「大好きな人の子供に、ひとりでも多く会えるなら嬉しいわ」

「いや、あまり作りすぎると子供に君を独占されてしまうか。兄弟は二人くらいでちょうどいい」

子供にまで嫉妬《しっと》するのか――

でも、その独占欲が心地いい。

「じゃあこの子が生まれたら、また私の誘惑に乗ってくれる？」

月が綺麗な晩の、淫《みだ》らな誘い。

甘い恋の罠に、あなたを何度でも捕らえたくなる。

「君に誘惑されるなら本望だ。それは楽しみだが、妊娠中でもいくらでも君を可愛がる方法はあるぞ」

「え？」

実は旭専用の書斎《しょさい》に、妊婦に関する資料から妊娠中のセックスまで、あらゆる本が大量に保管されていたとは。このときの私は、全然知らなかった。

ベッドまで抱きかかえられて運ばれる。

愛しい旦那の顔を見上げて、ふわりと微笑んだ。

「結婚なんて不自由で束縛《そくばく》と同じなんて思っていたのに、あなたが他の女のものになっていたかもしれないと考えるだけで、嫉妬でおかしくなりそう。私も重症ね」

「ようやく俺の気持ちがわかったな」

こめかみに落とされた唇の感触が、私の官能をじわじわと高める。

甘やかな空気に身を任せた。

「好きよ、旭。永遠なんて信じないけど、あなただけは信じたいの。だから私以外を愛さないで、私だけを愛しなさい」

「仰《おお》せのままに、櫻子さま」

熱く濡れた唇が私の口を塞ぐ。その蕩《とろ》けるようなキスに心も思考も溶かされそう。

二人を繋ぐものは、法的な効力を持つ紙切れ一枚と、結婚指輪。

そして目には見えない愛情と絆《きずな》。

そのどれかが欠けても、この関係は成立しない。

私には足りないものが多すぎるから、ひとつずつ彼と満たしていきたい。

今まで自信がなかった愛情も、親から子供への愛も。

私が両親から得られなかったものは、旭と二人で与えていけたらいい。子育ては初心者なんだから、完璧になんてできるはずがない。でも私たちが仲睦《なかむつ》まじい夫婦なら、きっと子供にもその愛情が伝わるはず。

見つめ合い、笑い合う。

心の底から愛するあなたと歩ける奇跡に、感謝しよう。

「愛してるわ、旭。愛してるって言って？」

「……愛してる」

恥じらいつつも必ず応《こた》えてくれるあなたが愛しくて。

私は両腕で、彼の背中を強く抱きしめた。

エタニティ文庫

天敵同期とアブナイ関係に!?

エタニティ文庫・赤

エタニティ文庫・赤

恋愛戦線離脱宣言

月城うさぎ　　装丁イラスト／おんつ

文庫本／定価 640 円＋税

幼いころから兄姉の恋愛修羅場を見続けてきたせいで、“人生に色恋沙汰は不要”と達観している 29 歳の OL、樹里《じゅり》。

そのため彼女は恋愛はせず、好みの声さえ聞ければ満足する声フェチになっていた。なのにその“声”を武器に、天敵だったはずのイケメン同期が迫ってきて……

声フェチ OL の、逃げ腰（!?）ラブストーリー！

※エタニティブックスは大人の女性のための恋愛小説レーベルです。ロゴマークの色で性描写の有無を判断することができます（赤・一定以上の性描写あり、ロゼ・性描写あり、白・性描写なし）。

詳しくは公式サイトにてご確認ください。
http://www.eternity-books.com/

携帯サイトはこちらから！

父の決めた相手と婚約した王女レイハーネ。その矢先、侍女を盗賊にさらわれてしまった。彼女を追って他国の宮殿にやってきたレイハーネは、奴隷《どれい》のふりをして潜《もぐ》り込む。すると、強面《こわもて》な王子ラティーフに気に入られてしまい——

婚約者がいる身なのに、甘く淫らに愛されて!?

砂漠の国を舞台にしたドキドキ蜜愛ファンタジー!

定価：本体1200円+税　Illustration：北沢きょう

「もっとこの快楽を
君の体に覚えさせたい。
そして、私なしでは
生きられなくなればいい」

借金返済のため、王宮勤めをはじめた侯爵令嬢エスティニア。そんな彼女の事情を知った王子ラシェルが、高給な王子専属使用人の面接をしてくれることに！　彼に妖しい身体検査をされたものの、無事合格。仕事に励むエスティニアだったけれど……彼は、主との触れ合いも使用人の仕事だと言い、激しい快楽と不埒な命令で彼女に執着してきて——？

東野《ひがしの》朱莉《あかり》と三宮《さんのみや》征司《せいじ》は、大学の同級生で十年来の親友。今は同じ職場で働いており、仕事でもプライベートでも息がぴったり。朱莉はこれからもそんな関係が続くと思っていたのだけれど……。ある日突然、征司から告白されちゃった!? さらには野獣のように激しく迫られて――。

B6判　定価：640円＋税　ISBN 978-4-434-22072-2

月城うさぎ（つきしろうさぎ）
乙女座の声フェチ。素敵な美声に癒やされたい。紅茶はストレート、コーヒーはブラック、チョコレートとヒーローはダーク派。正統派イケメンは当て馬希望。芯が強くて根性のある闘うヒロインが好み。

イラスト：アオイ冬子

月夜《つきよ》に誘《いざな》う恋《こい》の罠《わな》

月城うさぎ（つきしろうさぎ）

2016年 8月31日初版発行

編集－城間順子・羽藤瞳
編集長－塙綾子
発行者－梶本雄介
発行所－株式会社アルファポリス
〒150-6005 東京都渋谷区恵比寿4-20-3 恵比寿ｶﾞｰﾃﾞﾝﾌﾟﾚｲｽﾀﾜｰ5F
TEL 03-6277-1601（営業） 03-6277-1602（編集）
URL http://www.alphapolis.co.jp/
発売元－株式会社星雲社
〒112-0005東京都文京区水道1-3-30
TEL 03-3868-3275
装丁イラスト－アオイ冬子
装丁デザイン－AFTERGLOW
（レーベルフォーマットデザイン－ansyyqdesign）
印刷－大日本印刷株式会社

価格はカバーに表示されてあります。
落丁乱丁の場合はアルファポリスまでご連絡ください。
送料は小社負担でお取り替えします。

ISBN978-4-434-22347-1 C0093